黑暗之眼

Eyes in the dark

米夏 著

夏辰旅情推理

翠峰湖環山步道全景圖

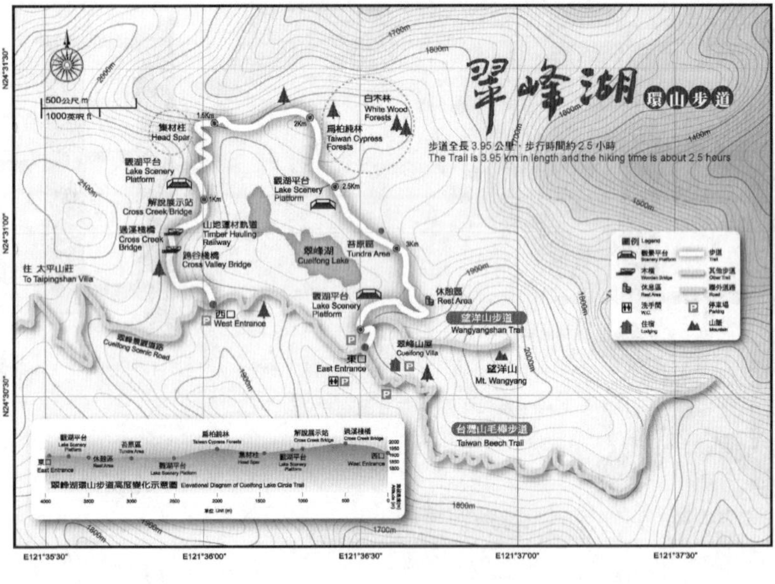

本地圖由行政院農業委員會林務局羅東林區管理處授權提供

【推薦序】尋找真相的輪廓

東華大學華文文學系副教授／黃宗潔

如果將艾德格・愛倫・坡（Edgar Allan Poe）的幾個短篇作品：〈莫爾格街凶殺案〉、〈瑪莉・羅傑命案〉、〈失竊的信〉、〈金甲蟲〉與〈汝即真凶〉等視為偵探推理小說的起點，這個文類發展至今所累積的成果，早已如天上繁星般閃亮豐碩，自成不同星座系譜。古典推理小說崇尚知性思考與解謎樂趣，偵探過人的觀察力與洞察力，也就成為他們獨具魅力的形象特質。

另一方面，自從達許・漢密特（Dashiell Hammett）揭開了推理小說的「美國革命」，將謀殺帶回「殘酷大街」上之後，古典推理小說中那些精雕細琢的謀殺案，遂被更寫實與赤裸的人性慾望和衝動取代。偵探不再如同超人般只靠著心理戰就可以讓真凶在所有嫌疑人齊聚一室之時，自己一五一十承認所有犯案細節與動機，而可能窮盡力量也仍然徒勞地，在充滿暴力與犯罪的城市中，面對巨大的黑暗。

於是，推理小說發展過程中，「英式優雅」與「美式冷硬」的兩條河道，遂時而自成景觀，時而匯聚交流。到了日本，經過其本土化的轉譯之後，就重新形塑成現在我們所熟悉的「本格推理」與「社會推理」兩種脈絡。而台灣推理小說的接受與發展歷史，由於受到日本推理小說影響甚深，近年來，如何走出屬於自己的「本土推理小說」路徑，就成為許多創作者念茲在茲的目標。

然而，如何才能創造屬於台灣本土的，具有獨特風格的推理小說？顯然不是將地名改成我們熟悉的街道或景點，就算完成了「在地化」的實踐。於是，在這條試圖建構台灣推理系譜的道路上，不時可以看見許多嘗試難免夾雜著「影響的焦慮」。一方面，創作者希望透過「台灣符號」來建立小說辨識度，但如果故事結構仍承襲日系本格推理的框架，小說本身又欠缺具說服力的謎團設計與流暢好讀的情節敘事，那麼光是在地元素的置入，恐怕仍無法達到預期的成果。

而米夏的這本《黑暗之眼》，小說開場不久，主角們就因為颱風來襲，被困在宜蘭太平山和大元山之間的翠峰山屋，而且受到風雨及手機收訊不佳的影響和外界斷了聯繫，這樣的安排可能會讓讀者不免懷疑，莫非又是一部依循傳統本格推理小說固定公式的作品？畢竟「暴風雨山莊」應該穩居古典／本格推理小說讀者最熟悉的敘事框架前三名，一方面各種精巧無比的密室殺人之謎早已被開發到幾乎難以超越，要設計別出心裁的新詭計並不容易；另方面如果只是將暴風雨山莊的概念搬到宜蘭山上，是否會落入前述誤以為將台灣的地景元素置入，就當成是展現本土推理特色的陷阱之中？

可喜的是，米夏此作並未陷入上述的窘境中，本書雖為她的第一部推理小說作品，但她並未被本格推理或社會推理的類型包袱所框限，小說除了暴風雪山莊謀殺案這個熟悉的程式設定之外，另一條支線則是短短四個月之間，有四位從事性交易的女性連環失蹤案。兩條敘事線的調性與風格看起來相當不同，一邊是特定空間與對象，「凶手就在我們之中」的信任危機，另一邊則是毫無頭緒的社會案件。用最簡化的二分法來說，這其實是本格推理與社會推理的並置。

當然，近年來也不乏推理小說的創作者，藉由本格推理的框架來反映當下的社會處境，並寄託作者自身的社會關懷。例如香港作家陳浩基的代表作《13.67》，就以六個故事串連出一位警探的一生，同時也折射出香港的歷史記憶；近作《網內人》則透過網路霸凌的主題凸顯香港社會現狀。又如台灣作家臥斧的《FIX》，在小說中融入近三十年來七個著名的社會案件，每個短篇都有「本事」可循，但全書除了案件之外，還包括一個解開神秘讀者身分的終極謎團。這些例子都說明了，閱讀推理小說本身所能帶來的智性樂趣，與掩卷之後的反思從來都不是衝突的，端看作者結合與處理得成功與否。

用這樣的標準來看米夏的《黑暗之眼》，就會發現她其實相當穩健地走在這樣的路徑上。颱風過後，謎團解開，但故事並非因此畫下句點，兇手行兇的動機，其實指向當代台灣社會的若干隱憂，失蹤者背後所連結的邊緣處境，亦是小說在主要情節之外，埋藏文中的隱性主題。或許，我們可以將這些社會議題的關懷，當成密室遊戲的支線關卡，那是必須發現某個隱藏的機關線索，才會開展出的情節線，如果錯過了，也不妨礙完成整個遊戲。用這樣的眼光來閱讀，或許才能真正擺脫長期以來本格推理與社會推理被視為完全背道而馳的美學觀，造成創作者刻意迴避或勉強結合的兩難。

事實上，推理小說的真正關鍵字，從來不是古典、本格、冷硬或社會，而是人性。無論是早期推理小說必然要有屍體的傳統，或是後來逐漸發展出的日常推理，強調日常瑣事的解謎，都仍然是人心與人性的反映。因此，令人驚嘆的犯罪手法也好，敏銳過人的神探也好，都離不開作者對於他所身處的時代、社會與人的觀察和想法；小說裡面那些角色的慾望、欠缺與焦慮，除非完全架空，否則也必然回應著他所身處的社會環境。

因此，我們可以看到當代推理小說的寫作，有越來越多反映重大社會事件後社會與犯罪結構變化的例子，例如911之於美國，311之於日本。宮部美幸在《希望莊》一書中，就藉著主角杉村三郎之口說出這樣的感嘆：「像我這樣的偵探，往後遇到的案子，應該會是社會因那場地震而改變、沒有改變、非改變不可但無法改變、不想改變卻被迫改變——種種衝突引發的扭曲所形成的案子。」這不是日本或美國推理小說的議題，而是所有當代的寫作者都必須面對的思考。推理小說作為一雙帶領讀者凝視黑暗的眼睛，如何讓讀者在雙眼慢慢適應了完全的黑暗後，逐漸看出那黑暗中事物的原本輪廓？是我對米夏這部作品，以及相信她日後仍會持續進行的推理創作，衷心的祝福與期待。

【各界名家推薦】

從經典的『暴風雪山莊』推理小說模式，套入台灣著名觀光景點與社會問題，案情撲朔迷離，精采絕倫！

——鄭博元（知名影視製作公司雷斯利傳媒製作人）

本書的前半部細細地刻劃出了宜蘭翠峰湖的自然風光，與其同時採用著經典的「暴風雨山莊」模式展開了不折不扣的本格推理解謎，結果偵探順利地找出真兇。而後半部描寫更踏實的偵查過程，一步一步地挖出兇手的真面目和被隱藏的兇殘，這種轉變讓我想起夏洛克・福爾摩斯探案的幾本長篇，還沒做到純化各種類型的那些時候有過一種自由。我覺得這份嘗試有獨特的味道，是把古典推理風格有時可能忽略的東西擺到讀者面前的大膽手段。

——稻村文吾（華文推理小說翻譯家，近期譯作為《我是漫畫大王》、《逆向誘拐》）

我曾經見過一題哲學題目——

到底犯罪鑑識的相關知識到底該不該向一般民眾開放？

當時我思考了許久，只能勉強以「所有的知識都應當向人類提供」這個答案而選擇立場，認為只要是知識，人類就有權力學習。

但是閱讀《黑暗之眼》時，我想米夏給了我一個更好的答案。

完美的犯罪、高智商的犯人永遠存在，但命運是如此的不可預期以及充滿隨機性，從米夏縝密的推理過程中，兇手一步步犯下致命錯誤，但這些並不是因為兇手不夠聰明，而是人生本來就充滿意外，突如其來的暴風雨、令人激賞的女教授、還有我們都共同熱愛的貓。

即使兇手做了無數的推演跟知識的補足，包括如何殺人、如何分屍、如何挑選適當的獵物，終究敵不過命運與正義，在米夏的小說中，黑暗的烏雲逐漸被清洗，讓犯下罪孽的人為此負責。實現正義的過程，是閱讀推理小說，最大的滿足感。

擁有了一切關於犯罪的知識，也不會是人跨過那條界線的原因，人性才是最終的變因，再完美的犯罪，做過總會留下證據，即使這個證據細微又不可考，但終究有一天出現在眾人眼前。不然世界上頂尖的犯罪小說、推理小說作家，不就都是犯罪的高風險人群嗎？以此延伸，我認為，越了解知識，越了解世界運作的方式，就更有機會在面對命運的黑暗時，採取不同的做法。

作者在書中如同上帝，看穿一切，比誰都還要清楚，犯下錯事的人，終究要為自己的罪行犯罪。如果認為掌握了一切的知識，就能將正義踩踏於腳下，這絕對是笨蛋的想法，也如同米夏書中所說——先是一個失敗的人，接著成為失敗的犯罪者，既然是失敗的犯罪者，不可能完美犯罪。

談正義是非常空泛的詞彙，但在犯罪之前，你真的掌握住命運的走向嗎？

——**逢時**（驚悚類型知名小說家）

米夏打開了「黑暗之眼」，包裹在層層精心布局的犯罪手法裡的，是一顆從內裡生蛆惡臭的心，同時揭示了羨富社會帶來的人性壓迫與變異。

——張之維（瑯嬛書屋店長）

#【出場人物簡介】

戴明：三十三歲，台北大安分局偵查組的小隊長
阿俊：翠峰山屋的櫃台人員
瑋哥：翠峰山屋的櫃台人員
夏辰：三十六歲，T大數學系副教授，讀過四年的醫學系
夏辰的外婆：約七十五歲，宜蘭人，嫁去台北
林建國：外號大林，退休前在銀行工作，嗓門很大
吳秉誠：外號阿誠，退休前是公司主管，和阿霞是夫妻，育有兩子
謝美霞：外號阿霞，是阿誠的妻子，家庭主婦
陳千慧：長髮優雅，退休前是國中數學老師，和王靜美是同事
王靜美：性格爽朗，退休騎士國中歷史老師，和陳千慧是同事
趙建昌：戴著黑框眼鏡，退休前做品管工作，長期派駐在大陸
賴志勳：知名攝影師，是大林、阿誠、阿霞、千慧、靜美和建昌的攝影班老師
李隆：台北萬華分局的偵查組組長
莎拉：本名林怡倩，二十二歲，萬華的站壁妓女，七月二十七日晚上失蹤

阿麗：萬華的站壁妓女，莎拉的室友
小宛：失蹤的傳播妹，二十三歲，住在林森北路巷子裡大樓的獨立套房，三月二十日失蹤
小春：失蹤的傳播妹，二十一歲，住在林森北路巷子裡大樓的獨立套房，五月三日失蹤
婷婷：失蹤的援交妹，從事網路性交易，二十四歲，住在忠孝東路巷子裡的獨立套房，六月十二日失蹤

目次

太平山國家森林遊樂區

序曲

夏夜，太平山的秘境步道杳無人煙，黑暗的濃霧中，大樹蔓生的枝枒像張牙舞爪的怪獸，步道旁的斜坡下隱約閃動手電筒微弱的光芒，穿著黑色套頭外套的人正用鏟子默默挖掘土壤。

太平山位於宜蘭縣大同鄉和南澳鄉，前身是太平山林場，後來轉型為太平山森林遊樂區，境內有雲海幻景和日出奇觀等知名天然景觀，最知名的見晴懷古步道天氣晴朗時視野寬廣，可以遠眺雪山和大霸尖山，可惜午後常因為氣候和地形白霧茫茫，周遭雲霧繚繞反而更渴望晴天，故名見晴。

步道遺留舊時運送木材的火車軌道，如今鐵軌布滿蘚苔，林木蒼翠景緻特殊，風景十分優美，曾入選「全球最美的28條小路」，白日常有遊客來訪，入夜後人煙罕至。

除了見晴懷古步道，太平山還有不少步道景色宜人林木蔥鬱，近來台灣很流行在網路宣揚各處的秘境景點，太平山也被找出不少秘境步道。

挖到滿意的深度，黑衣人從背包拿出事先用黑色垃圾袋包好的物品放進挖好的洞裡，覆蓋好土壤，黑衣人謹慎地從不遠處挖起生長茂密的雜草覆蓋在土穰上，確認沒有挖掘過的痕跡，黑衣人輕吐一口氣。

所謂完美的犯罪並不存在，越想製造完美的不在場證明或完美的密室越容易留下破綻。

真正聰明的犯罪，應該是馬馬虎虎的不在場證明，很難證明在場或不在場，馬馬虎虎的密室，無法確認兇手可否自由進出。

只要沒有證據，就無法證明兇手殺人，更聰明的犯罪是讓屍體消失。

如果沒有屍體，就沒有被害者，也就毋須找出兇手了。

翠峰湖

1

翠峰湖是台灣最大的高山湖泊，坐落於太平山和大元山之間，群峰環抱，綠意盎然，四季各有美景。

翠峰山屋位於翠峰湖區，兩層樓的木造建築搭配白色窗櫺，外觀很漂亮，山屋前寬廣的木造平台可供散步遠眺山景，山上經常起霧，雲霧飄渺中的木屋像童話世界。

九月中的傍晚，天空飄著毛毛細雨，戴明沿著翠峰湖環山步道緩緩慢跑，最後一段路了，身體疲憊雙腳酸軟，他仍然奮力往前跑。

高山氣候涼爽，今天大約只有二十度，很適合練跑，可惜風勢猛烈，雨勢漸漸加大，他不得不加快速度，運動手錶顯示他跑了三十二點八公里，平均速度是每公里五分四十八秒，他的理想速度是每公里五分三十秒，都怪風太大，半個月後的越野馬拉松如果期望四小時完賽，得再提升速度。

想起出門時妻子阿玫的怒吼，怨他難得休假卻不在家陪伴妻女，他不禁苦笑。

雨勢越來越大，翠峰湖環山步道空無一人，幸好他穿了防水外套，運動短褲全濕了，運動腰包裡用來補給的能量果膠已經吃完，水壺裡的水還剩三分之一。

冒著大雨跑上山路，翠峰山屋就在山路盡頭，一陣狂風吹來，戴明突然聽到女人的叫聲，轉頭一看，是下午在翠峰山屋登記住房時見過的年輕女人，估計約二十出頭，稱呼滿頭白髮的老太太為外婆，婆孫看起來感情很好，下午戴明出發慢跑時，女人正和外婆在湖邊眺望翠峰湖。

女人身形纖瘦，傘被狂風吹壞了，婆孫合力緊握一把傘迎風吃力前進，判定自己幫不上忙，山屋近在眼前，戴明跑進山屋。

「暴風圈已經接觸陸地？颱風半夜就會登陸宜蘭？不是說颱風明天下午才會來？」擦著臉上的雨水，戴明看到一群人圍著櫃檯人員焦慮質問，下午在翠峰湖畔也有看到這群人，每個人都背著大砲般的單眼相機，鏡頭一個比一個長。

白髮蒼蒼的男人嗓門很大，「我們待在這裡會不會有危險啊？你能不能保證我們的安全啊？」

「現在不能下山嗎？這裡是山頭，風雨會很大吧？」長髮的優雅女人皺著眉頭，黑髮參雜著銀絲閃閃發亮，推測約五十幾歲。

幾個人七嘴八舌吵個不休，戴明看到女人終於扶著外婆走進山屋，兩人渾身濕漉漉，像剛從水裡撈出來。

聽到大家的吵雜聲，女人快步走過來，「颱風就要登陸宜蘭？真的嗎？」

「大家先安靜，我們聽聽櫃檯人員的說明好嗎？」外表溫文的男人態度比其他人冷靜，推測約四十出頭，姿態閒適，彷彿對驟起的狂風暴雨不以為意。

「氣象預報不準，颱風前進的速度突然加快，方向也北移，原本預計明天中午登陸花蓮，兩個小時前卻突發布警報說半夜就會登陸宜蘭，我們馬上請當時在山屋和山屋附近的遊客儘快下山，你們太晚回來，太平山森林遊樂區已經閉園不能進出，翠峰山屋往下的山路狹窄難行，冒著狂風暴雨下山非常危險，只能請你們按照原定計畫留宿一晚。」櫃檯人員眉頭深鎖，突如其來的狀況讓他非常困擾。

「今晚要留宿翠峰山屋的就是我們這些人，是嗎？」溫文的男人頗有領導者的風範，戴明也不由自主順著他的目光環視了一圈，除了女人、外婆和溫文的男人，再來就是和男人同行的三男三女，推估年紀在五十五歲到六十五歲之間。

「是的，其他預計住宿的旅客都已經提早下山，你們回來得太晚，暴風雨已經來了，真的很抱歉。」穿灰色襯衫的櫃檯人員態度沉著老練，讓人安心多了。

「既然大家會被困在山屋，是不是應該先確認伙食是否足夠？」

「夠的，您放心，伙食非常充足。」

「伙食由你們準備嗎？」

櫃檯人員點頭，「是，為了安全，廚房的人手都先下山了，今晚一切從簡，幸好山屋提供的料理本來就比較簡單，我們可以應付，這兩天就由我阿俊跟瑋哥幫大家服務，大家需要任何服務都可以找我們。」

另一名櫃檯人員瑋哥的態度冷靜，「我們會按照原定計畫在六點時供應晚餐，大家都淋濕了，可以趁這段時間回房換衣服沖澡，山屋很堅固可以抵禦颱風，大家放心。」

戴明跑了三十幾公里又淋了雨，早就想回房洗澡，今晚留宿山屋已成定局，即使颱風登陸宜蘭，翠峰山屋看起來很堅固，應該不需要擔心，他就轉身走往位在一樓的房間。

背著大砲單眼相機的一行人還在七嘴八舌討論，戴明拿出鑰匙正要開門，眼角餘光看到女人和外婆也走過來，外婆的神情平靜，似乎並不擔心突如其來的暴風雨，女人拿出鑰匙，原來她們就住隔壁。

沖完澡換上乾爽的衣服，戴明拿起手機想打給妻子報平安，卻發現手機沒有訊號，翠峰山屋收訊本來就不穩，現在又風雨交加，搞不好今晚都收不到訊號了，回去一定會被阿玫罵，他嘆了一口氣。

六點，戴明準時走進山屋附設的餐廳，背大砲單眼相機的一行人已經坐在裡面，佔據了一張大圓桌。

餐廳裡都是可以容納八個人的大圓桌，戴明只好獨自占據一張圓桌，沒一會兒，女人和外婆也走進來，也許認為再佔據一張桌子不妥，遲疑了一會兒，女人和外婆在戴明這一桌坐了下來。

戴明鬆了一口氣，身材高壯相貌又兇惡，他常被誤認是流氓，幸好女人和外婆沒把他當成壞人。

阿俊從廚房端出兩大盤菜，瑋哥跟在他身後提著一個大飯桶，把菜和飯桶放上餐檯，「抱歉，今晚人手不足，準備比較慢，晚餐採自助式，大家可以隨意取用，待會還會有幾道菜跟湯。」

阿俊跟瑋哥又走回廚房了，圓桌上擺放了碗盤，大砲單眼相機的一行人拿著碗先去盛飯，戴明就拿著盤子先去夾菜。

培根炒高麗菜跟花枝炒芹菜看起來很可口，女人也拿著盤子來夾菜，同桌吃飯，一直沉默很尷尬，他試著搭訕，「妳們是宜蘭本地人嗎？」

「不是，我們從台北來的。」

「我也是從台北來的。」

女人默默端著菜走回圓桌，不太好聊啊！莫非女人對他兇惡的長相心生懼意？

忽然想起女兒品芳，戴明嘆了一口氣，費盡千辛萬苦才娶到漂亮的妻子阿玫，哪想到女兒卻和他長得一模一樣，方形臉小眼睛塌鼻子，品芳滿月酒時，親友們看到她都樂壞了，笑說女兒沒偷生，沒偷生是很好，怕只怕女兒長大怨他。

把菜放上圓桌，戴明拿著碗去盛飯，盛好飯，阿俊又端著兩大盤菜出來，一盤是焢肉和滷蛋，應該是事先滷好的，另一盤是炸溪魚，有魚有肉，伙食很不錯。

盛好飯菜，在圓桌坐下來，女人忽然開口，「外婆，這位先生說他也是從台北來的。」

「你台北人啊？」外婆十分開心。

「不是，我桃園人，在台北工作。」

「我是宜蘭人，嫁到台北好多年，都變台北人了。」外婆的態度很親切，「先生怎麼稱呼？」

「戴明，叫我阿明就好了。」

「我孫女夏辰。」外婆指著女人，「我們都叫她辰辰。」

「是大學生吧？」

夏辰忽然笑了，外婆非常開心，「她上個月剛過三十六歲生日呢！在學校也常被誤以為是學生。」

「三十六歲？」白髮蒼蒼的大嗓門歐吉桑插嘴，「她三十六歲了？真的假的？」

「看不出來呢！」優雅的女人搖了搖頭，「保養得太好了，真令人羨慕。」

夏辰尷尬地低頭不語。

「我們家辰辰在大學教書，已經是副教授了喔！」外婆的語氣非常自豪。

「在大學教書？太優秀啦！」大嗓門的歐吉桑很自然地加入了談話，「你們好，我是大林，退休前在銀行工作，我們都是攝影班的同學，這位是我們的老師賴志勳。」大林指了指溫文的男人。

「攝影師賴志勳嗎？」夏辰滿臉意外。

「是，就是我。」

「老師很有名氣，他的攝影集還曾經上過書店的銷售排行榜喔！」大林炫耀的語氣彷彿他才是賴志勳。

「哪裡，是大家不嫌棄。」賴志勳的笑容十分謙虛。

「我有買你的攝影集，照片都很漂亮。」夏辰一臉靦腆，她向來不習慣跟陌生男人說話。

「謝謝妳。」賴志勳露出溫文的笑容，雖然頗有才華，可惜相貌平庸談不上帥氣，否則應該能迷倒不少女人。

「你們一起跟賴老師學攝影？」夏辰一臉好奇。

「嗯，我是千慧，退休前是數學老師。」優雅的長髮女人笑著點頭，「我們跟著老師學攝影已經半年多了，沒想到第一次出來過夜外拍竟然遇到颱風。」

「幸好我們剛到翠峰湖時天氣還很晴朗，拍了不少漂亮的照片，都是老師指導有方。」大林很擅長說恭維的話。

「哪裡，今天還沒下雨前的光線很漂亮，非常適合拍照，大家這段日子很認真學習，攝影技術都越來越進步了。」

「我很喜歡你那本《清晨的菜市場》攝影集。」夏辰的語氣熱烈，「照片捕捉的畫面都很動人。」

「拍攝菜市場屬於街頭攝影。」賴志勳的態度十分嚴肅，「拍下好照片往往是無意識的一瞬間，大半是巧合，更多是幸運，那段日子我每天清晨都去菜市場拍照，拍了五千多張才選出放在攝影集的兩百多張照片，原本希望攝影集呈現更強的敘事，身為攝影師，我們期望用照片說故事，喚醒每個人內心深處埋藏的記憶和感情，我認為我做得還不夠成功。」

「我覺得已經很不錯了，翻你的攝影集，我會想起小時候牽著媽媽或外婆的手去逛菜市場的回憶。」

「我們家辰辰從小就很聰明，我帶她去逛菜市場，她說要買蘋果，看上眼的是一顆一百元的高級蘋果，我說不行，她居然趁我不注意拿起蘋果咬了一口，我只好買下那顆蘋果。」外婆笑著搖頭，語氣非常寵溺。

千慧笑著說：「那不就跟靜美的女兒一樣嗎？」

「就是啊，我女兒小時候也是，帶她去逛菜市場，她說要買櫻桃，我說太貴了不行，她趁我不注意，居然抓起整把櫻桃吃。」短髮的靜美笑著搖頭，又拉回正題，「我記得老師的攝影集也有張照片是拿著蘋果邊走邊吃的小女孩，照片好可愛。」

「我也記得。」夏辰微笑，「我就是看到那張照片，想起跟外婆去逛菜市場的回憶，賴老師的照片確實做到了喚醒記憶。」

「老師拍的照片都很美，買魚的太太或扛著一簍菜走過市場的老人的照片都能呈現市井小民的日常生活，從平淡中呈現日子的樣貌。」靜美的談吐很有深度。

「我想呈現的不只是美感，真正可以打動人心的照片，或許都是不美的，羅蘭．巴特在《明室．攝影札記》裡寫說：『相片的刺點，就是其中刺痛我的危險機遇。』也就是說……」

大林迫不及待打斷賴志勳，「我在老師的推薦下也看了這本書，所謂刺點，就是可以刺痛人的細節對吧？像我之前去看普立茲獎的攝影展，有一張是美國９１１遭受攻擊時飛機撞上雙子星大樓的照片，只要是人，看了照片心一定都會被刺痛。」

「是，我就是這個意思，但是我認為真正的好照片應該更安靜，９１１那張照片像在聲嘶力竭的大叫，我認為它……」賴志勳似乎在斟酌字句。

「太過強烈，缺少思考的空間。」夏辰毫不遲疑接口，「好照片應該有留白的空間引發思考，９１１那張照片我也看過，衝擊性太強，赤裸裸呈現所有人共同的心理創傷，缺少思考空間。」

「是，我大概就是這個意思。」

「夏小姐在哲學系教書嗎？」千慧微笑，「講話非常有哲學意涵。」

「我在數學系教書。」夏辰的笑容又變得靦腆，「只是對攝影也很有興趣，我不像你們懂拍照，只喜歡欣賞照片。」

「觀眾非常重要，」賴志勳的表情很嚴肅，「攝影師按下快門的一瞬間都在期待注目，否則拍照就沒有意義了。攝影同時也很暴力，照片出現在眼前時，沒人能轉開視線不看，透過鏡頭，攝影師幾乎擁有絕對的權力。」

「所以呢，我們才要努力學好攝影技巧，免得老是拍些上不了檯面的照片上傳臉書，人家又不好意思不按讚。」千慧說完，大家都笑了。

「我們的照片是上不了檯面，但是老師在臉書放的照片都非常漂亮呢！」靜美一臉欽佩，「上回我們去金瓜石，明明大家都在同樣的地點拍照，老師拍的就是比較漂亮。」

「我們努力學下去，以後拍的照片也會跟老師一樣漂亮，是不是？」大林似乎很有自信。

「鏡頭的角度只要差一點點，拍出來的畫面就差很多，我們要趕上老師的程度還差得遠啦！」高壯的爽朗男人搖了搖頭，他就坐大林旁邊，滿頭白髮。

「攝影就是透過鏡頭看世界，從鏡頭看出去的世界跟從眼睛看出去的世界不一樣，攝影師拍的照片，就是他的心靈之眼想讓人看的世界。」賴志勳依然是溫文的微笑。

「老師說的話太難懂了。」戴著黑框眼鏡的沉默男人搖頭，碰巧說出了戴明的心聲，他點頭覆議。

賴志勳笑著看他，「這位先生怎麼稱呼？」

「戴明，我在台北上班，今年三十三歲。」他儘量籠統帶過。

「你喜歡攝影嗎？」

他搔了搔頭，「忙著工作賺錢養家養小孩，我對攝影沒研究，在我看來照片都差不多，女兒出生之後，我也買了一台單眼，可是小孩真的好難拍喔，一直動來動去，沒一張清楚的。」

「小孩很難拍，但父親為小孩拍的照片都是珍寶。」賴志勳說的話很有內涵。

「就是啊！」高壯的爽朗男人馬上接口，「我女兒出生的時候還沒有什麼數位相機，我們那時候都是用底片，根本就是在燒底片啊，拍個十幾張才會有一張清楚的。啊，對了，你可以叫我阿誠，這是我太太阿霞。」阿誠指了指身旁的文靜女人。

阿霞點頭，「我就是一輩子都為家庭犧牲的家庭主婦啦！我老公就算買了相機，也都嘛是顧著拍小孩。」

「講什麼犧牲，有這麼痛苦嗎？我也有拍妳啊！」阿誠故意跟阿霞鬥嘴。

「每天都為你們做牛做馬，不是犧牲是什麼？」

「妳可以說付出啊！為家庭付出。」

「是有差在哪裡嗎？」阿霞狠瞪阿誠，阿誠不敢再講話，很有趣的一對夫妻。

「以前哪，我們還會特地帶小孩去相館拍紀念照，我兩個兒子周歲時都有拍。」千慧拉回正題，「那時候拍照跟洗照片都不便宜呢！」

大林跟靜美也聊起過往幫孩子拍照的回憶，充滿知性的對談被戴明破壞了，那也沒辦法。

聊完幫孩子拍照的回憶，他們又聊起下午拍攝的太平山美景。

夏辰的外婆忍不住插嘴說：「我們小時候，太平山還是太平山林場，那時蒸汽火車會把木材一路運送到羅東，當年啊，羅東可熱鬧了哪！」

千慧笑笑地說：「記得老師提過，你的老家也在羅東，是不是？」

「嗯。我也聽父祖輩提過當年伐木、運送木材的盛況，現在羅東林場還保留了當年的蒸氣火車頭。」

「我知道。」外婆猶如小女孩般興奮，「當年木材都儲存在松羅埤，就是現在羅東林場的生態池。」

「是的。」賴志勳點頭說：「因為當地人都把撿木稱為『松羅』，才會有這樣的稱呼，原本的貯木池在員山，後來才遷到羅東。」

靜美一臉佩服說：「老師對這段歷史很清楚嘛！」

「我也是當地人啊！」

他們聊起了羅東的伐木史，戴明差點打哈欠，只是覺得太沒禮貌才努力忍住，還以為今晚可以跟年輕漂亮的大學女生一起吃晚餐，哪想到夏辰竟然是三十六歲的數學教授，真無趣！

☆

已經過了下班時間，李隆坐在桌子前打了個哈欠，桌上滿滿的檔案他已經翻了無數次。

不懂，真的搞不懂。

轄區的員警接獲莎拉失蹤的報案是八月初。

莎拉，萬華站壁的妓女，和她同住的妓女阿麗報案說莎拉失蹤，已經一個星期沒回家，手機也都打不通。

受理報案的員警心不在焉地說可能只是跟男人跑了，阿麗卻大叫說不可能，說莎拉很疼她的貓，不可能拋下貓一聲不響失蹤。

「她搞不好已經死了啊！警官大人，你也知道我們當妓女的什麼人都可能遇到，要是她遇到壞人被殺了呢？」

「被殺了會有屍體啊！沒有屍體妳需要窮緊張嗎？」員警雖然很不耐煩，還是受理了報案。

莎拉向來在固定的地點站壁，那條不大不小的巷子裝有監視器，過濾監視器的畫面，他們順利找到莎拉最後一次站壁的影片。

七月二十七日晚上十點三十二分，一台黑色的車子停在莎拉面前，莎拉上了車，沿途調閱監視器，他們發現車子開到大佳河濱公園，莎拉和一個戴著鴨舌帽的男人下了車，監視器沒拍到男人的臉。

莎拉跟男人沒再回到車上，警方循線找到那台車，是一台出租的車子，登記的證件是一名張姓男子報失的身分證。

調查發現七月二十七日晚上張姓男子跟一群朋友在熱炒店喝酒到深夜，熱炒店門口的監視器有拍到他的影像，不可能是他。

張姓男子說他一個多月前逛士林夜市時皮夾被扒走，現金、身分證和信用卡都不翼而飛，他已經辦了新的身分證。

警方澈底調查過大佳河濱公園，沒找到莎拉的屍體，調閱那天晚上跟隔天的監視器，沒看到類似莎拉跟男人的人走出公園，公園的出入口很多，不是每個地方都有監視器，他們很顯然避開了監視器。

男人開車載莎拉去公園，卻沒開車離開，不但把車子丟在那裡，登記的證件還是偷來的，情況不太對勁，如果莎拉被男人帶走甚至殺害，男人顯然有預謀。

李隆是台北萬華分局的偵查組組長，莎拉站壁的地點在李隆的轄區，萬華舊稱艋舺，昔日幫派眾多，向來龍蛇混雜，把莎拉帶走的男人明顯是智慧型犯罪，絲毫沒有流氓風格，跟萬華很不搭。

調閱莎拉的手機通聯記錄，從七月二十七日下午手機就沒有通話紀錄，七月二十七日之前的通話紀錄也不多，從通話紀錄中查不到任何線索。

現代人很仰賴用網路通訊軟體傳訊息甚至通電話，他問過阿麗，莎拉跟客戶都是用Line連絡，Line的對話紀錄只會留在手機裡，莎拉的手機已經跟著莎拉一起失蹤，查不到紀錄。

李隆的手上只有阿麗提供的莎拉照片以及監視器拍到的莎拉站壁畫面。莎拉的姿色不算差，但也不特別漂亮，生意不好不壞。

照片裡，莎拉抱著一隻圓臉的可愛橘貓，阿麗說，有天晚上下大雨，莎拉回家的路上聽到小貓叫，找了半天在水溝裡把牠撈起來，那時貓大約一個多月大，渾身髒兮兮，莎拉毫不嫌棄把牠抱回家，取名橘子，疼愛得要命，現在橘子已經長成一隻大肥貓。

「莎拉不會拋下橘子一聲不響走掉！絕對不會！」阿麗激動的表情在李隆的腦海裡揮之不去。

如果不是自願離開，就是被迫失蹤，被迫失蹤只有兩個可能，莎拉被囚禁，或是被殺害。被囚禁的機會不高，台北人口緊密，要怎麼長時間在房子裡囚禁一個女人不被附近鄰居發現？如果是殺害，莎拉失蹤時是七月底，天氣非常炎熱，屍體很容易腐爛發出強烈臭味，無論棄屍在哪裡都應該早就被發現，為什麼沒找到屍體？

李隆想起以前在英國發生過有名的案件，開膛手傑克連續殘忍地殺害了五名妓女……心裡忽然一陣不安。

連續？如果還有其他妓女也失蹤了只是沒被發現呢？

☆

阿誠得意洋洋用手機登入臉書，秀出裡面的一堆照片，「這是我們上個月去陽明山外拍的照片，照片很漂亮吧？」

「取景很不錯呢！」夏辰非常讚嘆，「畫面很漂亮，你把牛拍得很生動。」

「我老公跟牛是同類啦！他看到同類就特別高興，照片拍得特別好。」阿霞故意開玩笑。

「為什麼我跟牛是同類？」阿誠一臉不服氣。

阿霞就在等他問，「因為你是大笨牛啊！」

大家都笑了，大林也興沖沖秀出照片，「我也有拍牛群和草地喔！」

「照片好漂亮，看到牛就會想到小時候在鄉下到處都是牛，現在好少見到了。」外婆有些感嘆。

幾個人紛紛登入臉書秀他們拍的照片，夏辰跟外婆都非常稱讚，戴明只能努力忍住哈欠，不就陽明山嗎？照片都差不多啊！這群人聊攝影聊得非常熱烈，他實在不感興趣，但是外頭風雨交加，狂風呼嘯的聲響驚人，雖然不至於害怕，他也不想獨自回房間。

突然間，燈閃了閃，下一秒燈就全部熄滅了，大家一陣驚呼，阿誠開了手機的手電筒說，「只是停電而已，別緊張別緊張。」

「大家保持鎮定，颱風夜本來就很容易停電，手機有手電筒功能的人都先把手電筒打開。」千慧講話充滿老師的威嚴，以前學生一定很怕她。

大家紛紛開了手電筒，阿俊拿著一個大手電筒走進餐廳，「不好意思，發電機突然故障，今晚應該沒電可以用了，真的很抱歉。」

「反正你們本來也是晚上十點就會停止供電，沒差啦！」大林笑了，「乾脆大家就早點睡吧！」

翠峰山屋是用柴油發電機發電，為了節約能源，晚上十點到隔天早上六點半會停止供電，入住時櫃檯人員就說明過了，也發給每個房間一支手電筒。

戴明看了時間，晚上七點半，時間還早，大家的手電筒當然都放在房間。

「現在就各自回房太早了。」阿誠對停電完全不以為意，「機會難得，不如我們圍在一起講鬼故事。」

「你少無聊了！」阿霞瞪了他一眼說，「你老是喜歡嚇人！」

「停電說鬼故事正好啊！」

「不一定要講鬼故事。」靜美打圓場，「停電了回房間很無聊，大家可以圍在一起講講故事或旅遊見聞。」

阿俊把大手電筒放在一旁，「手電筒放在這邊給你們用，我們先收拾。」

瑋哥也拿著手電筒走進餐廳，他們快手快腳把吃剩的晚餐和餐具全收進廚房了。

「已經有手電筒，大家把手機的手電筒關掉節省電力吧！」千慧考慮得非常週到。

大家都關上手機的手電筒，只剩阿俊留下的手電筒，長方形的寬敞餐廳只有一盞手電筒照明，燈光幽暗伴隨窗外的狂風暴雨，氣氛非常陰森。

阿誠興沖沖講起一聽就知道在搞笑的鬼故事，看得出他很愛展現自以為是的幽默討大家歡心。

阿誠講完故事，阿俊又拿了一個手電筒走進餐廳，「很抱歉，我們沒辦法確定明天早上電力能不能恢復，要請大家忍耐了。」

大林搶著問，「你們沒有跟維修人員聯絡嗎？」

「我們這裡沒有市話，剛剛又發現手機收不到訊號，沒辦法跟維修人員連絡。」

沒有市話，手機也收不到訊號，再加上交通中斷，翠峰山屋等於跟外界澈底隔絕成為孤島，戴明的心頭掠過一絲不安。

「前幾年我跟太太跟團去歐洲玩，其實歐洲我們去過好幾次了，法國、英國、瑞士和北歐五國全都去過，但是那一回去倫敦啊，特別不一樣，你們猜我們遇到什麼？」大林說話總帶著炫耀，但是他性格活潑講話也很幽默，並不惹人厭。

「你們遇到英國女王。」阿霞搖頭，「你說過好幾次啦！」
「真的嗎？」夏辰一臉驚訝，「在路上遇到英國女王很難得呢！」
「就是啊！」大林非常得意，「雖然只是遠遠看到，也很不得了。」
「是啦，我跟靜美也去過倫敦兩次了，都沒遇過英國女王。」千慧搖頭。
「有一次還全程都一直下雨，在愛爾蘭也下雨，在倫敦也下雨，英國天氣真是差。」靜美也搖了搖頭。
戴明不禁也暗自搖頭，不過他搖頭的理由跟他們不同，賴志勳攝影班的六個學生明顯都是經濟優渥的退休老人，太讓人羨慕了，羨慕得想搖頭，他蜜月旅行時是第一次出國，跟太太一起去北海道玩了五天，生平還不曾去過歐洲呢！
聊了一陣子，靜美起身說想去洗手間，阿誠跟阿霞也想去，餐廳外面就有公用洗手間，可惜現在正好在整修，只能回房間，他們的房間都在二樓，就一起上樓了。
一直沉默的戴黑框眼鏡男人自我介紹說叫建昌，他聊起以前被公司派駐去上海工作的事，很感嘆地講起二、三十年來上海的劇烈變化，千慧也說了大陸旅遊的經驗談，聊天中，阿誠跟阿霞回座了。
千慧關心地說，「靜美呢？」
阿誠笑著說，「我敲了妳們房間的門，她沒有回應，我有說我們要先下樓了。」
千慧似乎不想過度焦慮，建昌還在說上海的外灘現在變得多熱鬧，她就沒多說。
戴明不自覺看了手錶，八點零五分，距離靜美回房上洗手間，大約過了十分鐘，不過老人家嘛……

建昌講完，阿誠就愉快地說：「大家都以為北疆跟南疆的風景差不多，其實差多了呢……」

千慧打斷他的話，「靜美回房間太久了，我上樓看看。」

戴明又看了手錶，八點十五分，估計靜美回房間已經超過二十分鐘，真的太久了。

阿霞貼心地起身，「我陪妳上去。」

千慧開了手機的手電筒，跟阿霞一起走出餐廳，戴明搔了搔頭，又看了一次手錶，八點十七分，他需要設定兩個女人多久沒回座得上樓查看嗎？

不，他太神經質了，都是因為停電，只靠一盞手電筒照明燈光昏暗，外頭又風雨交加惹人緊張，幾個退休老人聚在一起，氣氛非常和平，不可能發生事情。

阿誠聊著南疆和北疆不同的風光，戴明好羨慕他們可以去世界各地玩，他大概得等退休才有可能出國旅遊吧？品芳年紀還小，阿玫說想生一男一女，明年還要再拚一胎，生養小孩真的很花錢，他的薪水又不高……

阿霞突然衝進餐廳大叫說，「老公，你快來，靜美、靜美倒在地上……好像、好像已經……」

阿霞慌亂得語無倫次，大家都緊張地起身，阿誠拿起手電筒率先衝出餐廳往樓梯跑，戴明也飛快跟上。

跑上二樓，戴明跟在阿誠身後衝進靜美跟千慧的房間，千慧一臉呆滯站在房間裡，靜美倒在地上一動也不動，該不會已經……

「所有人都不要動！」戴明大叫，「我來檢查靜美的狀況。」

「你？為什麼由你檢查？」阿誠一臉懷疑。

「我是警察，台北大安分局偵查組的小隊長。」戴明掏出證件塞進阿誠手中，俯身確認靜美的脈搏，沒在跳動，探了呼吸，也沒有呼吸。

「她已經死了，大家保持鎮定。」

阿俊跟瑋哥慌張地拿著手電筒跑上來，「出了什麼事嗎？」

「剛剛我一直搖靜美她都沒有反應……我不敢……不敢……她真的死了？怎麼會？她……她剛剛還好好的……」千慧大受打擊，講話語無倫次。

「你們之中有人受過醫學訓練嗎？」戴明其實不抱期待。

「我……」夏辰的臉色十分蒼白。

外婆接口，「我們家辰辰讀過四年醫學系，實在沒興趣，跟她爸爸吵了好幾次架才轉讀數學系，後來她一路讀到博士，也在大學教書，她爸就沒話說了。」

讀過四年醫學系也不知道學到什麼程度，受過醫學訓練總比沒有好，戴明只好說，「麻煩辰辰協助檢查，看能否確定死因。」

「怎麼辦？手機收不到訊號，沒辦法報警也沒辦法叫救護車……外面風雨又那麼大，颱風就要登陸了……」瑋哥手足無措。

「我是警察。」戴明從阿誠手中拿回證件秀給瑋哥看，「雖然宜蘭不是我的轄區，只要電話接通，我就會跟宜蘭的警察連絡，大家不必緊張。靜美的情況……叫救護車也沒用了。」

「原來你是警察。」阿俊大大鬆了一口氣。

「初步檢查沒有外傷，也沒有異狀……」夏辰眉頭深鎖。

「會不會是腦溢血或心肌梗塞？我們這個年紀的人……」大林的神情十分悲痛。

「靜美三個月前才做過全身健康檢查，身體狀況很好，也沒有心臟病，怎麼可能突然……」千慧的語調已經有些哽咽。

阿誠插嘴，「我在新聞看過，有些人就算沒有心臟病史，還是有可能突然心肌梗塞……」

「那個……」夏辰的語氣有些緊張，「我好像……聞到杏仁的味道……」

「我看看！」戴明趕緊蹲下去，靠在靜美的臉附近聞，果然有杏仁的味道。

「我在漫畫裡看過！」大林非常激動，「有杏仁的味道表示是氰酸鉀中毒！」

「真正可以在短時間內致人於死的毒物應該是氰化鉀，特色是會有杏仁的味道……她很可能是中毒死亡。」夏辰的表情非常凝重。

大家突然都沉默下來，阿霞非常緊張，「中毒是……自殺嗎？」

「不可能是自殺！」千慧的語氣決斷，「靜美如果要自殺，不會像這樣趴在地上，更別說以她的個性根本不可能自殺。」

「難道是有人殺了靜美？怎麼可能？」阿誠表情沉痛地搖了搖頭。

「就情況看起來，這是最大的可能。當然，確切死因還是得等送去醫院解剖才能確定……」夏辰的表情沒什麼把握。

事態嚴重了，戴明知道自己必須做最壞的打算，可能有人毒殺了靜美，而且犯人就在這群人中。

「大家不要驚慌……」他努力讓語氣聽起來很冷靜。

「現在山屋只有我們這些人，難道兇手在我們之中嗎？」阿霞非常害怕，抓緊了阿誠。

「大家不要想太多，我得先跟大家了解狀況。」戴明知道自己必須發揮刑警的專業。狂風暴雨，通訊中斷，停電的山屋裡有個人被殺了，犯人很可能就在身旁……即使當警察以來經過不少大風大浪，但是說真的，台灣的兇殺案不多，他最常處理的是竊盜案跟吸毒，不免有些心驚。

「那……就讓靜美躺在這裡嗎？」千慧的表情好像隨時都會哭出來。

「我先用手機拍照，能不能請大家把手機的手電筒都打開，我才能拍比較清楚的照片。」戴明拿出了手機。

大家都打開手機的手電筒，戴明除了拍照，也趁機觀察大家，千慧一臉傷心，阿霞好像也受到不小的打擊，男人通常比較看不出情緒，賴志勳、阿誠、大林和建昌的表情都還算冷靜。

應該把靜美留在房間裡保存現場嗎？今晚大家都要住宿山屋，雙人房都在這一側，一具屍體在這裡，所有人都會很不自在，還是保存所有物證，把靜美移去空房比較妥當。

「我建議把靜美移到沒人住的空房間，方便嗎？」戴明看向瑋哥。

瑋哥點頭，「山屋的八人房在另一側，今晚八人房都空著，可以搬去角落的八人房，我下去拿鑰匙。」

瑋哥走下樓，戴明開始思考，如果靜美是被下毒殺害，犯人怎麼下毒？

他用手機的手電筒照射房間，矮櫃上有兩瓶礦泉水，其中一瓶看得出曾經被倒出來過，旁邊還有個杯子。

「那是山屋提供的礦泉水嗎？」

阿俊點頭，「嗯，我們會在每個房間放兩瓶礦泉水。」

「靜美習慣吃過晚餐會吃維他命，難道下毒的人是利用這一點？還是毒藥是加在杯子或礦泉水裡？」千慧雖然難過，似乎也在努力思考。

戴明還沒開口問，千慧就說，「維他命應該在靜美的包包裡。」

雖然機會不大，犯人還是有可能在相關物品留下指紋，戴明就說，「阿俊，山屋裡有手套嗎？我需要手套？」

「應該有，我去找。」阿俊慌忙下樓。

瑋哥拿著八人房的備份鑰匙回來了，阿俊也很快就拿了手套上來，戴明戴上手套檢視矮櫃上打開過的礦泉水，試著聞了聞，沒有味道，杯子裡還有約三分之一的水，他也聞了，無法確定裡面是否有毒藥。

飯店提供的礦泉水是全新的，歹徒應該無法在礦泉水下毒，把毒藥塗抹在杯子上呢？山屋提供了兩個玻璃杯，難道歹徒把兩個玻璃杯都塗上毒藥？歹徒是怎麼進入房間的？

打開靜美的包包，裡面有藥品分裝盒，是六格裝，每一格都有藥物。

「靜美除了維他命，還有在吃降血壓和降膽固醇的藥。」千慧對靜美的事瞭若指掌，嫌疑不小，但是其他人如果細心觀察，也有可能掌握相關資訊。

「我們的相機都很貴，歹徒毒死靜美，該不會想偷相機吧？」大林突然插嘴。

「對對對！歹徒一定是想偷相機！」阿誠馬上附議。

千慧走過去打開衣櫃，「我們放在裡面的相機和鏡頭都還在。」

「還是歹徒想偷錢？」大林不放棄地說。

戴明從靜美的包包裡拿出皮夾檢視，「裡面還有三千多元的現金，信用卡和提款卡也還在。」

「如果是外來的歹徒，他只能從二樓離開吧？」夏辰雖然臉色非常蒼白，態度卻很冷靜，「瑋哥跟阿俊一直都在櫃檯，通往二樓的樓梯就在櫃檯旁，櫃檯又面對大門，歹徒不可能躲過瑋哥跟阿俊的視線。」

「嗯，雖然我們之前都在廚房忙，但是阿誠、阿霞和靜美走上二樓時我們已經回到櫃檯，有看到他們走上去，之後我們一直都待在櫃檯，歹徒應該沒有機會離開。」瑋哥似乎漸漸冷靜下來了。

「如果歹徒是更早的時候闖進房間下毒呢？他就可以趁我們在廚房忙的時候離開。」阿俊提出了不同的想法。

「那樣的行動似乎太冒險。」夏辰冷靜分析，「從餐廳外面和交誼廳都可以看到樓梯和大門，歹徒不可能知道瑋哥、阿俊或我們會不會突然走出來，不太可能冒險從大門離開。」

「會不會是從房間的窗戶逃出去？」賴志勳看著落地窗，「窗戶打開就是陽台了，身手夠矯捷，可以從陽台跳下去逃走。」

夏辰走過去檢視窗戶，「窗戶只能從內鎖上，現在窗戶有上鎖，外頭風雨交加，窗戶如果開過，雨水一定會噴在房間的地板，我沒看到這樣的痕跡。」

戴明走過去確認，正如夏辰所說，窗戶只能從裡面上鎖，地板也沒有雨水。

「瑋哥，這裡還有其他的門可以離開山屋嗎？」

「嗯，八人房那一棟外面有通往一樓的樓梯，平常住宿八人房的旅客都是走那個樓梯。因為颱風要來，八人房的旅客都離開了，二樓走廊通往八人房的門和通往外面樓梯的門都鎖上了，歹徒不可能過去，如果擔心，待會可以確認。」

「妳們進來時，門是鎖上的嗎？」戴明皺著眉頭，他有非常不好的預感。

「嗯。登記住房時，每個房間只分配一副鑰匙，鑰匙在靜美那裡，剛剛我們一直敲門靜美都沒回應，門鎖著，我下樓跟瑋哥借了備份鑰匙才開了門。」千慧給他看了還拿在手上的備份鑰匙。

戴明用手電筒照射房間，梳妝台上還有一副房間鑰匙，他臉色沉了下來，「房間鑰匙只有兩副嗎？」

瑋哥點頭，「嗯，旅客一副，櫃檯一副。」

大林大聲地說，「所以房間是密室囉？歹徒不可能下毒殺了靜美之後才離開？」

「沒錯，房間雖然可以從房內上鎖，可是從房間外只能用鑰匙上鎖，歹徒沒有鑰匙，離開房間無法鎖門，一定事先就下毒了。」戴明深吸一口氣，情況越來越棘手了。

戴明請阿俊跟瑋哥一起把靜美搬到最角落的八人房，礦泉水、靜美喝過的杯子、保溫瓶和藥品分裝盒，以及靜美的包包也一起放進八人房，鎖上門之後，八人房的兩副鑰匙都由戴明保管。

剛剛他有檢視過，二樓走廊通往八人房的門有鎖上，他也檢視了通往外側樓梯的門，門也鎖上了，地板沒有雨水噴進來的痕跡，犯人不可能從這裡逃離。

「最近山屋的鑰匙曾經失竊嗎？」戴明想確定犯人是否可能擁有鑰匙。

「沒有，兩年來山屋的鑰匙都沒失竊過，剛剛去拿鑰匙時我有確認，鑰匙都還在。」

「歹徒沒有鑰匙，不可能把毒下在礦泉水或杯子裡，一定是事先把毒藥放進她的藥盒，我得跟大家好好談一談。」戴明臉色凝重，沒想到特地休假來翠峰湖練跑，竟然會遇上凶殺案，還得在停電的山屋審問犯人。

為了方便行動，戴明請大家各自回房把山屋提供的手電筒拿出來，一起下樓，準備好好問話，釐清案情，儘快揪出犯人。

翠峰山屋

2

暴風雨肆虐，狂風呼嘯，雨水傾盆而下，樹枝不停搖晃隨時可能折斷，景象怵目驚心。

在餐廳坐下來，戴明十分嚴肅，「麻煩阿誠跟阿霞說明你們跟靜美上樓的情況。」

「我們跟她一起走上樓，她的房間先到，就拿出鑰匙開了門，我們的房間在她隔壁的隔壁，走到房間，我們也拿出鑰匙開了門，之後就走進去啦！」阿誠皺著眉頭說，「那時沒覺得有什麼不對。」

阿霞也點頭說，「上完洗手間，我們走出房間，經過靜美的房間，我敲了房門沒有回應，想說她大概還在上洗手間，我先生就說我們要先下樓了。」

「如果歹徒是把毒藥放進靜美的藥盒裡，事先就可以下手，我們今天一早就一起從台北出發，每個人都有機會下手。」大林的臉色鐵青。

「現在還不能排除歹徒是外來的可能性吧？歹徒也可能找機會偷偷在靜美的藥裡下毒啊！」阿誠似乎很不願意相信犯人在他們之中。

「要在藥裡下毒一定要接近她，我一直都在靜美旁邊，今天沒有陌生人接近她。」千慧馬上否定了這個可能性。

賴志勳又說：「有沒有可能歹徒前兩天就把毒藥放進藥盒，只是靜美今天才吃到呢？」

千慧搖頭，「昨晚靜美跟我講電話時才說她把維他命跟藥物分裝進旅行用的藥盒，她平常出門帶的藥盒比較小，跟旅行用的藥盒不同。」

戴明環顧這群人，突然發現一件不對勁的事，「建昌呢？」

一群人你看我我看你，阿誠非常驚慌，「建昌不見了？他沒跟我們一起下樓嗎？」

「會不會在房間裡？可能突然想上洗手間？」大林站起身又突然說，「不對啊！我們住同一間，房間鑰匙在我這裡，剛剛是我回房間拿手電筒，他要回房間得找我拿鑰匙。」

「你說的是真的嗎？」戴明也緊張了起來，建昌突然不見人影，他沒有房間鑰匙，不可能回房間，會在那裡？

「當然啊！」大林從包包裡拿出房間鑰匙。

「所有人都不要動。」戴明知道情況有異，他拿著手電筒從餐廳衝到櫃檯，瑋哥滿臉疑惑，「怎麼了嗎？」

「你們有看到建昌嗎？瘦瘦小小戴黑框眼鏡那個？」

阿俊搖頭，「沒注意到耶！」

「建昌搞不好有危險，我們趕緊分頭找他。」阿誠從餐廳跑過來，神情非常著急。

「如果犯人在你們之中，分頭找他只會增加危險，瑋哥，山屋裡有哪些地方可以躲人？」

「除了房間，就是整修中的洗手間跟廚房，二樓有個小儲藏室，儲藏室有上鎖。」

「我們先去洗手間和廚房看看。」

整修中的洗手間和廚房就在餐廳旁邊，他們一起拿著手電筒搜索，很快就確定建昌不在廚房或洗手間裡。

「只能一間房間一間房間搜索了。」戴明的臉色非常凝重，「我需要所有的備份鑰匙，你們對山屋最了解，請你們陪我們一起搜索，每個房間都要找。」

「鑰匙都在我們這邊，歹徒或建昌都不可能躲進空房間啊！」瑋哥一臉困惑。

大林從餐廳裡跑出來說，「怎麼樣？有找到人嗎？」

「沒有，我們剛剛已經確認過，建昌不在洗手間或廚房，除了搜索房間沒有其他辦法了。」

戴明眉頭深鎖，一個人被毒殺，一個人突然失蹤，山屋又不大，建昌到底躲在哪裡？

「好，我們陪你們一起找人。」瑋哥和阿俊拿出所有房間的備份鑰匙。

「這裡一共有幾間房間？」

「我們房間數不多，雙人房八間，八人房四間，一共十二間房間。」

戴明鬆了一口氣，翠峰山屋的空間不大，房間數也不多，很快就能搜索完成，一定可以找到建昌，只希望他還……安然無恙。

回到餐廳，戴明請所有人一起找人，他壓在隊伍的最後，以免一不注意又有人落單，或是有人趁機為非作歹。

儘管每個人都拿著手電筒，山屋裡依然非常幽暗，狂風呼嘯，急雨打在山屋的屋頂，風雨交加，颱風不久就會登陸宜蘭，暴風雨肆虐，如果這些人一個個死去……不，不可能，太可怕了，他可是堂堂身高超過一百八十公分受過訓練的壯漢警官，兇手竟然敢在他的眼皮下殺人？

深吸一口氣，戴明試著冷靜分析眼前的情況，首先，靜美不可能自殺，從衣著打扮和說話態度看得出她的性格一絲不苟，如果要自殺，一定會寫好遺書，喝下毒藥端端正正地躺在床上，不會用奇怪的姿勢倒在床旁邊。更別說剛剛吃晚餐時靜美還愉快地跟大家聊天，絲毫看不出尋死的跡象。

醫學知識只學了半吊子的夏辰對死亡方式的判斷不一定正確，但是他也聞到明顯的杏仁味，靜美去上洗手間才二十分鐘，中風或心肌梗塞應該不會走得那麼快，再加上建昌突然失蹤……剛剛發現靜美突然身亡時情況非常混亂，如果有人趁機把建昌敲昏甚至打死拖去藏起來……不可能，情況再混亂，大家都在附近，打人這麼激烈的動作一定會引發注意，若是如此，建昌為什麼失蹤？

走上二樓，大家走往建昌的房間，站在門前，大林拿出鑰匙開了門，裡面空無一人，大家都鬆了一口氣。

翠峰山屋的房間不大，只擺了床、衣櫃、矮櫃和梳妝台，床底無法藏人，戴明很快搜索完衣櫃和浴室，空無一人。

大林檢視了放在地上的相機包，「我跟建昌的相機和鏡頭都還在。」

阿霞突然說：「他有沒有可能打開窗戶跳出去？」

戴明把手電筒照向房間通往陽台的落地窗，窗戶緊閉。

夏辰搖頭：「現在外頭風雨交加，如果落地窗曾經被打開，地面一定會留下雨水，但是地面沒有水，表示窗戶沒開過。」

阿霞不死心地說：「如果兇手把建昌推出去，再關上落地窗鎖上，把地面擦乾呢？」

「不可能啊！」阿誠搖頭說：「如果要把建昌推出去，還要擦地什麼的要花不少時間，剛剛從樓上下來之後，大家都一起行動，沒有人曾經失蹤一段時間。」

「這樣的話，建昌不在房間，會在哪裡？」大林滿臉疑惑。

「我們只能搜索所有的房間了。」

「可是房間都有上鎖，鑰匙不是在我們手上就是在櫃檯。」千慧皺眉，「建昌要怎麼進房間？」

「建昌一定在某個房間裡。」夏辰依然很冷靜，「剛剛我們從二樓回餐廳之後，瑋哥和阿俊就回到櫃檯，建昌不可能從大門離開，一樓除了整修中的洗手間、廚房和房間，沒有地方藏人，二樓通往外側的門也鎖上了，他只可能在某個房間裡。」

戴明趁著這個機會了解大家的房間配置，翠峰山屋二樓分成左側和右側，雙人房都在左側，樓上四間，樓下四間，四間八人房在右側的二樓，左右側其實是不同的兩棟，但彼此相通。

二樓的雙人房都在同一排，建昌和大林的房間是最邊間，依序過來是阿誠和阿霞的房間，再來是賴志勳的房間，最後是靜美和千慧的房間。

走出建昌和大林的房間，阿誠拿出鑰匙打開他們的房間，戴明很快就確定沒人，為了慎重，他決定檢查每一間房間的窗戶是否上鎖，以及地上是否有雨水，很快就確認房間的窗戶有上鎖，地上也沒有雨水，阿誠跟阿霞也確認過，沒有財物失竊。

離開阿誠和阿霞的房間，戴明接著搜索賴志勳以及靜美和千慧的房間，沒人，也沒有可疑之處，財物也都沒有失竊。

下樓之後，一樓的雙人房也都在同一排，戴明的房間在一樓的最邊間，他開了自己的房間搜索，沒人，夏辰和外婆的房間也沒人，另外兩間是員工房，全部搜索過，沒有可疑之處，也都沒有財物失竊。

走上二樓，開了通往八人房的門，戴明先搜索儲藏室，用鑰匙打開儲藏室，裡面是個小空間，視線一覽無遺，沒有人。

情況顯示建昌很可能躲在八人房，八人房是樓中樓，空間比雙人房寬敞，他們依序搜索，三個房間都沒有人，只剩最角落放靜美的屍體的房間了。

剛剛搬屍體進去時，他們把屍體放在樓下的床上，不能排除建昌當時已經躲到二樓，或是在他們離開之後躲進去的可能性，戴明只好硬著頭皮開了門進去。

靜美的屍體依然在床上，戴明爬上二樓，沒有人。

離開房間，他也檢查了通往外面樓梯的門，門鎖著，沒有被破壞的痕跡，附近沒有雨水，沒有開啟過的痕跡。

回到餐廳，氣氛非常凝重，阿誠假裝開朗，「既然不在山屋裡，建昌一定離開山屋了。」

「要離開山屋只有三個方式，從大門離開、從窗戶離開或是從八人房那邊通往外面樓梯的門離開，現在外頭風雨交加，門或窗戶打開一定會有雨水噴進來，所有的出口旁都沒有雨水，表示他沒有離開山屋。」戴明只能耐著性子解釋。

「人不可能憑空失蹤，這不合理啊！我們搜索了所有的房間耶！」大林眉頭深鎖，一臉困惑。

「山屋裡真的沒有其他地方可供躲藏了？」賴志勳轉頭問瑋哥。

瑋哥搖頭說，「沒有，山屋不大，可以躲藏的地方我們剛剛都搜索過了。」

至少建昌還沒變成屍體，戴明知道這個念頭只是在逃避，一個活生生的人怎麼可能在形同密室的山屋裡消失得無影無蹤……

密室？他悚然一驚，狂風暴雨中，山屋形同巨大密室，無人能進出，如果犯人計畫兇殘地殺光所有人……不，怎麼可能？犯人有理由這麼做嗎？

眼前的事實是建昌在山屋裡神祕失蹤了，情況非常離奇，身為警察，他能盡的責任已經盡了，下一步該怎麼做？

定了定神，他才說，「我想詳細了解你們彼此之間的關係以及大家今天的行動。」

「不找建昌了嗎？萬一他遇到危險呢？要是歹徒對他下手……」阿誠憂心忡忡。

「現在山屋裡沒有其他人，我跟阿俊今天都在櫃檯，你們回來前，工作人員把其他客人都送下山了。」

「你們準備晚餐時不是有離開櫃檯？歹徒很可能趁那個時候偷跑進來啊！或是從一樓房間的窗戶偷溜進來，躲在我們意想不到的地方！」阿誠還是不放棄有歹徒躲在山屋裡的念頭。

「我們離開櫃檯去準備晚餐時，我就把山屋的大門鎖上了。」瑋哥態度冷靜，「因為颱風要來，一樓員工房的窗戶都鎖上了，警官跟夏辰小姐出去時窗戶有上鎖嗎？」

「我放好行李就馬上出門，沒開窗戶。」戴明看著瑋哥，「窗戶原本應該是上鎖的吧？」

「是，整理房間時，我們都會把窗戶上鎖。」

「怕下雨，我跟外婆的房間窗戶也是上鎖的，我出去前有檢查，更何況剛剛已經搜索過整個山屋，都沒看到歹徒。」

「也許有什麼盲點，不然建昌那麼大的一個人到底消失去哪裡了？」阿誠滿臉不悅。

戴明忍不住起疑，阿誠一直想說服大家歹徒是外來的，莫非他就是犯人？如果他殺了靜美，用意想不到的手法把建昌藏起來，動機是什麼？

當前最重要的是釐清這群人彼此之間的關係，以及他們為什麼來到翠峰山屋。

「剛剛搜索過整個山屋，都沒找到犯人或建昌，我想先詳加了解大家的身分背景和彼此的關係，麻煩你們詳盡說明。」

「我是林建國。」大林搶著開口，「退休前在銀行工作。」

戴明打量大林，他穿著質感良好的高領刷毛上衣和黑色西裝褲，看起來很有銀行高階主管的架式。

「我是吳秉誠，退休前是公司主管，已經退休好幾年了。」阿誠相貌威武，深灰色襯衫上套了白色背心，搭配黑色西裝褲，非常氣派。

「我是謝美霞，家庭主婦。」阿霞留短髮，五官清秀，年輕時應該不少人追，穿著紅色高領薄毛衣和咖啡色絨褲，看外表就知道性格嚴謹又神經質。

「我是陳千慧，跟靜美以前在同一個國中教書，我教數學，她教歷史，同事二十五年……」千慧聲音哽咽，她穿著白色套頭毛衣和灰色裙子，很有老師的氣質，已屆退休年齡依然風韻猶存。

大林又說，「我們都住台北，是退休後在社區大學上課認識的。」

阿誠接著說，「我太太聽朋友說賴老師要開攝影班，我們幾個人對攝影有興趣，就決定一起報名上攝影課。」

這群人似乎沒有利害關係，戴明皺眉，「你們認識很久了？」

「差不多三年多。」

戴明把重點一一記錄下來才說：「麻煩大家詳細說明今天的行動，或許可以推敲出什麼。」

「我先說好了。」夏辰率先開口，「要講抵達翠峰山屋之後的行動，還是今天一整天的行動？」

「講今天一整天的行動，麻煩你們了。」

「我跟外婆早上九點從台北出發，中午時抵達太平山莊，在太平山莊吃了午餐，去附近的步道散步，走完步道，我們開車到翠峰山屋，登記好住房放好行李，我跟外婆就去翠峰湖環山步道散步，直到下大雨了，我們才回山屋。」

戴明點點頭說，「我明白了，妳們為什麼來翠峰山屋？」

「外婆這幾年一直唸著說好久沒來太平山玩，她年輕時曾經跟外公來這兒約會非常懷念，外公前年走了，外婆很思念外公，更想回來了，我也很想陪外婆回來走走，只是學校事務多又雜，今年暑假才終於排出空檔，也拜託學生幫忙訂到山屋，才能帶外婆回來走走。」

「翠峰湖變了很多。」外婆十分感慨，「我年輕時可以走到湖邊呢！現在都被步道圍起來了，可以跟辰辰一起回來走走還是很開心。」

夏辰跟外婆目前看起來沒有可疑之處，戴明點頭，「很謝謝妳們的配合。」

「我們的行動由我代表來講好了。」阿誠搶著說，其他人都點點頭，阿誠就說，「我們是早上八點從台北出發，九點多抵達羅東，先去吃了林場肉羹才開車來太平山，也在太平山莊吃了午餐，來到翠峰山屋登記住房之後，就一起去翠峰湖環山步道拍照，發現開始下雨，怕雨淋濕攝影器材我們就趕快回來了。」

戴明暗自點頭，難怪這群人會比他們更早回到山屋。

「今天靜美或建昌有任何異常的舉動嗎？」

「靜美跟平常一樣，我們到了翠峰湖就忙著拍照。」千慧的回答很果決。

「她的包包曾經離開身邊嗎？」戴明問了關鍵問題。

「嗯，拍照時背著包包不方便，我們都放在一旁。」

大家都在專注拍照，犯人有很多機會偷偷把氰化鉀放進靜美的藥盒，戴明忍不住瞄了阿誠一眼，他的相貌威武，常跟妻子阿霞鬥嘴，看起來感情很好，光看外表，實在很難跟殺人兇手聯想在一起。

「下來吃晚餐時，你們是不是都把包包留在房間？」

「其他人我不知道，我和靜美只帶了房間鑰匙和手機，沒帶包包。」千慧的神情依然難掩悲痛。

阿誠接著說，「我跟我太太也是。」

「我背了斜背的小包包，把鑰匙跟手機放在裡面。」大林拉起隨身的斜背包給大家看。

「我也帶著背包。」賴志勳讓大家看了背包，是適合隨身攜帶的小背包。

「我帶著手拿包。」夏辰也說，「房間鑰匙以及外婆和我的手機都放在裡面。」

「你們今天都是集體行動嗎？在翠峰湖環山步道拍照時有沒有分開行動？」

「我們是一起行動，但是也有人拿著相機走比較遠，我沒在留意，靜美一直在我旁邊。」千慧的語氣又開始哽咽，相伴多年的好友突然過世，打擊一定很大，還是這是在演戲？畢竟比起別人，千慧有更多機會下手。

「我跟我先生也都一起行動。」阿霞思考著說，「印象中大林、建昌跟老師有走比較遠。」

賴志勳點頭，「大林看到一隻漂亮的鳥，我們三個人拿著相機追著那隻鳥走了一段路。」

「要看那隻鳥嗎？照片在我的單眼相機。」大林補充，「我還不確定那是什麼鳥，回去再查查看。」

「待會有機會再拿照片給我看就好了，你們什麼時候決定來翠峰湖拍照，是誰提議的？」戴明一邊問，一邊把要點記進手機的記事本。

「我們上個月有去見晴懷古步道附近的太平山秘境步道拍照，還有去太平山莊附近的步道散步拍照，那次是當天來回，沒來翠峰湖，後來上課時，大家聊天聊一聊，是誰先提議說要來翠峰湖過夜外拍，我想不起來了。」阿誠敲了敲頭。

「我記得那天靜美說她以前跟先生和小孩來玩過，覺得翠峰湖很漂亮，她好像沒有提議來過夜外拍。」千慧也在努力回憶。

「我記得我有說應該找時間來翠峰湖拍照，好像老師說翠峰山屋很特別，有機會可以來住，阿誠就說乾脆來過夜外拍。」大林似乎對自己的記憶力很有自信。

「是我說的嗎？」阿誠一臉茫然。

「我先生是說如果要來翠峰湖拍照，應該沒辦法當天來回，老師說通常來這邊拍照都會過夜，住宿在翠峰山屋很不錯。」阿霞的記憶力似乎很好。

「我記得我那時說過夜沒問題啊，安排一下就行了，靜美就說她那次來也是住翠峰山屋，很懷念。」千慧似乎也想起聊天的內容了。

「反正就是這樣大家講一講，就決定了。」阿誠抓著頭髮，「應該是聊著聊著就決定了，沒有誰特別提議。」

「你們上個月去太平山秘境步道拍照之後才決定來翠峰山屋，翠峰山屋不好預定，通常得兩個月前預訂，你們怎麼訂到的？」夏辰忽然插嘴問了問題。

「我們本來是訂到十月的房間，剛好我有學生在林務局工作，我請他幫忙安排，如果有人取消預定，就幫我們排進去，這兩天因為有颱風接近，有好幾組客人取消預定，他就幫我們排進來了。我們本來也因為颱風的關係在考慮到底要不要來，老師說難得訂到房間，現在來拍照光線很漂亮，我們就決定來了。沒想到……」千慧終於忍不住開始飲泣。

最後下關鍵決定的人是賴志勳？戴明十分謹慎，「上個月去太平山秘境步道拍照，又是怎麼決定的？」

「我在網路上看到人家介紹太平山秘境步道，上課時老師剛好也聊到，說步道非常漂亮，大家都想來拍照，我們就來了。」阿霞的說明很詳盡。

「好。」戴明把要點都記進手機，「除了千慧跟靜美，你們都是去社區大學上課認識的？」

「嗯。」阿誠點頭，「沒錯。」

「你們曾經有誰跟誰發生過衝突吵過架嗎？先說靜美好了，她跟大家的關係怎麼樣？」

「她跟大家的關係都很好，沒發生過衝突。」千慧一臉難過，「她的人緣向來很好，我真想不透怎麼會有人想對她下手……」

「嗯。」阿誠附議，「大家都覺得靜美人很好。」

「上課時她常會帶巧克力或糖果來給大家吃，跟大家的感情都不錯。」阿霞也一臉難過。

「靜美人真的很好，跟她比起來，建昌比較不愛講話，他沒有跟大家吵過架。」大林聊起了建昌。

「建昌上課時有時候會自說自話，插不進大家的話題，不過他沒有跟大家發生過衝突。」千慧的語氣十分肯定。

「我們絕對沒有發生過怨恨到想殺死對方的衝突。」阿誠斬釘截鐵地說。

如果不是人際衝突，難道是謀財害命？得查個清楚。戴明就說，「可以簡單說明你們的經濟狀況嗎？」

阿誠點頭，「我們都很普通啊！我退休前是公司主管，太太是家庭主婦，這之前已經說過了，我一直都是領死薪水，在台北有層房子，兒子跟女兒都大了，已經搬出去住了。」

「我跟靜美以前都是老師，老公都是普通的上班族，我們都住台北，經濟狀況是還過得去，但是也沒有到引發殺機的地步。靜美的女兒還沒結婚，住在家裡，跟靜美感情很好，她要是知道……」千慧的語調又哽咽了，根本說不下去。

阿霞補充，「千慧的大兒子已經結婚有小孩，千慧已經當阿嬤囉！」

戴明不禁嚇了一跳，還以為千慧才五十幾歲，女人的年齡好難判斷。

「我以前是銀行主管，也是領死薪水，房子買在板橋，兒子已經結婚了，還沒生小孩。」大林簡潔俐落地交代。

「建昌以前是做品管，長期派駐在大陸，已經退休好幾年了。他住南港，兒子還沒結婚。我們的經濟狀況是不錯啦！可是應該沒有到會被謀財害命的地步。」阿誠皺眉，「又不是張忠謀或郭台銘。」

「更何況，靜美過世，遺產是留給她先生和女兒，外人也分不到好處。」阿霞似乎已經思考過這個問題，儘管非常神經質，她的思慮卻很敏銳。

「警官，你能不能也說說你為什麼一個人來翠峰湖？」千慧似乎認為他很可疑。

「我是來這裡練跑。」

「練跑？」

「嗯，我的興趣是參加路跑，半個月之後要參加越野馬拉松，要在山路跑步，剛好我同事本來訂了翠峰山屋要帶老婆來度假，老婆卻臨時得回娘家，他問我要不要來，我本來也想帶老婆跟女兒一起來，可是我女兒還小，我老婆覺得帶女兒出門太麻煩，我就自己來了。今天下午就是繞著翠峰湖步道練跑，跑了好幾圈，大約三十幾公里。」

「馬拉松要跑多遠啊？」阿誠一臉好奇。

「四十二公里。」

「好長的距離喔，警官的體能一定很好。」阿霞的語氣像是稱讚，還是在默默懷疑他？

「我們都得受訓嘛！我是運動派，不像你們那麼有氣質，又都很懂攝影……」戴明忽然想到，「你們的相機跟鏡頭都很昂貴吧？」

「嗯。」千慧點頭，「不便宜。」

「大概多少錢？」

阿誠跟阿霞對望一眼，「相機大約十萬，鏡頭大約是五萬到十萬。」

戴明嚇了一跳，「你的意思是說，你們的相機跟鏡頭加起來大約二十萬？」

「嗯，我們每個人都帶了兩個鏡頭，估計相機加鏡頭大約二十五萬，老師的設備應該更貴。」大林看了賴志勳一眼。

「我的相機加上鏡頭大約三十幾萬。」賴志勳皺著眉頭，「這是全新的價格，如果歹徒想謀財害命，相機跟鏡頭拿去二手市場賣，至少要打個八折。」

即使如此，他們一行七個人，攝影設備隨便估個二十萬，就一百四十萬了，即使兇手在他們之中，也可以得手一百二十萬，這不是小數目，只是……一百二十萬固然有謀財害命的價值，卻必須殺光六個人，這幾個人都在台北坐擁房產，會為了一百二十萬下手殺人嗎？

「靜美的相機跟鏡頭都還在，兇手怎麼可能為了偷相機跟鏡頭就殺人？」阿霞似乎不太認同。

沒錯，這行人怎麼看都不像會為了偷相機跟鏡頭殺人，戴明努力思考，他們彼此間沒有衝突，來翠峰湖拍照的動機也沒有可疑之處，到底是誰為了什麼殺害靜美，又是怎麼讓建昌從密室般的翠峰山屋裡消失？

外頭下起暴雨，狂風呼嘯更增添恐怖氣氛，在戴明查問時，時間至少過了半個小時，建昌都沒有出現，究竟有沒有歹徒趁著黑暗躲在山屋裡，還是這群人中有個人計畫不動聲色殺光所有人……

看到大林打開保溫杯準備喝水，戴明大叫，「不要喝！」

大林嚇了一跳，「什麼？」

「沒人能保證你的保溫杯裡的水沒被下毒。」

「我吃晚餐時也有喝啊！」

「搞不好之後有人悄悄下毒了！為了大家的安全著想，請你們今天晚上不要再喝任何東西，更不要吃東西或藥物……不對，我要扣留所有人的物品，搞不好有人隨身攜帶毒藥準備毒殺別人。等明天手機可以收到訊號，我會通知宜蘭警局的人趕快上山，把你們的東西都帶回去鑑識。」

「我知道了！」阿誠突然大叫，「比起我們，瑋哥跟阿俊更有機會下毒吧？」

瑋哥滿臉錯愕，「你說什麼？」

「我們的晚餐是你們準備的，更別說你們有所有房間的鑰匙，你們可以趁靜美去洗手間時在她的水或藥裡下毒，你們對翠峰山屋最熟悉，一定知道我們想不到的祕密地點把建昌藏在那裡。」

「我根本不認識靜美，為什麼要殺她？」

「為了偷我們的相機跟鏡頭！」大林也很激動，「如果把我們殺光，這些相機跟鏡頭至少值一百萬，加上我們帶的現金，獲利很可觀。」

「我才不會為了相機殺人！」阿俊非常不悅，「你們不要亂講。」眼看他們就要吵起來，戴明趕緊阻止，「等等，你們先不要吵……」

夏辰插嘴，「剛剛發現靜美的屍體之後，瑋哥跟阿俊一直在警官旁邊，也跟警官一起把屍體搬去八人房，我們回到餐廳時，他們也回到櫃檯了，我們很快就發現建昌不見，他們應該沒有機會對建昌下手。」

「但是他們最熟悉翠峰山屋，也許有我們想不到的盲點。」千慧也說，「比起其他人，他們更有犯案動機和下手機會。」

「我們不可能為了單眼相機就殺人。」瑋哥漸漸冷靜下來，「來這裡住宿的旅客多半都很愛拍照，像你們這樣背著單眼相機來的旅客非常多，我們不可能只是看到昂貴的相機就想殺人。」

戴明知道阿誠一行人很不願意相信犯人在他們之中，但是他們說的話也不無道理，他們背的單眼相機和長鏡頭非常引人注目，歹徒為了搶幾千元就殺人的例子並不少見，不能排除他們為了價值合計一百萬的攝影設備殺人的可能性。

只是瑋哥說得也沒錯，來這裡的旅客應該有非常多人都帶著昂貴的單眼相機，瑋哥他們應該見多了吧？還是因為今晚颱風即將登陸宜蘭，旅客比較少，他們覺得有機會下手？畢竟翠峰山屋非常熱門，每天都客滿，八人房四間加上雙人房六間，平常會有四十四個人住宿，也會有更多工作人員，不可能下手，今天確實是難得的下手好機會。

若是如此，他們把建昌藏起來的目的何在？真是猜不透。

能問的都已經問完，現在最重要的是，他得確保這行人今晚的安全，不能讓兇手有機會藏起物證，得趕快要大家把東西都交出來。

「我要請大家除了今晚睡覺要用到的物品，把所有的物品都交給我，我會一起鎖進放靜美遺體的房間，鑰匙也都由我保管，可以嗎？」

大家都點頭同意，戴明鬆了一口氣。

怕大家各自回房收拾會趁機把毒藥或物證藏起來，戴明決定跟著大家一間房間一間房間收拾。

爬樓梯走上二樓，戴明發現風雨聲更大了，狂風暴雨，颱風該不會已經登陸了？

沿著昏暗的走廊走到位於最邊間的大林和建昌的房間前，大林拿出鑰匙開了門，卻突然大聲驚叫，「啊～～～～」

緊跟在大林身後的戴明也看到了，建昌趴在房間的梳妝台前，一動也不動，看起來情況不妙。

「所有人都不要動……」原本失蹤的建昌突然又出現在已經上鎖的房間裡，戴明非常驚嚇，只能努力保持鎮定。

「怎麼可能？」大林驚恐大叫，「剛剛我們來搜索時房間裡沒有人啊！」

「他一定是後來才進來的。」戴明努力鎮定，「他……」

「鑰匙只有兩副，一副在大林身上，備份鑰匙在我這裡，他是怎麼進來的？」瑋哥也非常驚嚇。

其他人也都一臉震驚，戴明只能勉力鎮定，「我先檢查建昌的狀況，麻煩辰辰幫忙。」

走進房間，戴明蹲下來檢查建昌的脈搏和呼吸，很快就確認建昌已經沒有呼吸心跳。

「同樣有杏仁味。」夏辰的臉色又變得非常蒼白。

「他也是被毒殺……」雖然早有心理準備，戴明還是一陣心驚，又一個人被殺了。

「他死了？」大林一臉難過，「怎麼會？」

「為什麼？」阿霞彷彿就要哭出來，「先是靜美，然後是建昌……怎麼可能？他們的個性根本不會得罪別人啊……」

「我也想不透……到現在都還不敢相信，靜美被人害死……然後建昌也……」千慧雙手交握，嘴唇微微顫抖。

戴明不知道該怎麼安慰他們，只能保持沉默。

夏辰認真檢查建昌的遺體，「他的頭髮和鞋底都沒有濕，表示他不曾離開山屋，我們剛剛搜索的時候，他應該在山屋裡的某個地方。」

「他的手上有東西。」戴明注意到建昌的左手拿著小瓶玻璃裝的威士忌，右手握著手錶。

「那是我中午在便利商店買的威士忌。」大林滿臉疑惑，「本來放在我的包包外側置物袋，他為什麼拿在手上？」

戴明先拍照，才戴上手套把威士忌拿起來仔細檢視，「威士忌沒有開過，毒藥應該不是加在裡面。」

「當然，建昌不喝酒的啊！他拿我的酒幹嘛？」

「建昌不喝酒，真的嗎？」戴明非常錯愕。

阿誠點頭，「他對酒精過敏，大家都知道。」

戴明小心地把建昌手裡拿的手錶拿起來，「這是建昌的手錶嗎？」

「嗯，去年父親節時他兒子送他非常昂貴的手錶，他很開心，常跟大家炫耀。」千慧滿臉困惑，「他一直都把錶戴在手腕上，為什麼現在握在手上？」

「辰辰，毒藥塗在手錶有用嗎？」

「沒用，氰化鉀類的藥物要服食才會中毒。」

「如果不小心舔到呢？」

「誰會去舔手錶？」阿霞搖頭，「不可能吧？」

「我知道了！這是死前訊息！」大林很有把握，「建昌知道害他的兇手是誰，想利用這兩樣東西告訴我們誰是兇手！不然他為什麼把酒拿在手上？」

戴明看到建昌旁邊有個藍色的登山包，「那是你的包包？」

「嗯。」大林點頭，「我買了威士忌之後就塞進側邊的置物袋，他剛好倒在我的背包旁，伸手就能拿到酒。」

「辰辰，服下氰化鉀，多久會斷氣？」

「不一定，跟服食的藥物、體型和體質都有關。」

「他要留下死前訊息，為什麼不直接把兇手的名字寫下來就好了？」阿霞滿臉疑惑。

「也許是來不及，或是怕兇手看到會設法抹掉訊息。」夏辰凝神思考，「毒藥發作後，因為有靜美被毒死的先例，他大概猜到自己很快會斷氣，只能在最短的時間內設法留下訊息。」

「他周遭也沒有東西可以用來寫字。」賴志勳看著附近，「他的包包放在比較遠的地方。」

「威士忌真的是死前訊息嗎？」阿誠非常疑惑，「會不會中毒很痛苦隨便亂抓剛好抓到？」

「那他為什麼要把手銬握在手中？」阿霞反駁，「中毒很痛苦會想把手銬拿下來嗎？」

「我也認為威士忌跟手銬應該有含意。」夏辰用手電筒照射房間，「梳妝台有一瓶咖啡，毒藥會不會加在裡面？」

戴明順著她的視線看過去，梳妝台有一瓶寶特瓶裝的黑咖啡，只剩三分之一。

「建昌從下午就一直在喝那瓶咖啡。」阿霞搖頭，「毒藥應該不是下在裡面。」

戴明用手電筒照射房間，矮櫃上同樣有兩瓶山屋提供的礦泉水，他走過去檢視，礦泉水都是全新的，沒有開過，也沒看到其他的飲品，他就說，「建昌有帶保溫杯嗎？」

「沒有。」大林馬上說，「他喜歡喝咖啡，上課時都是買這種特濃黑咖啡。」

「他有吃維他命或藥物的習慣嗎？」

「沒有，他最討厭吃藥或維他命了，大家都知道他很愛喝咖啡。」千慧皺著眉頭，「我倒是覺得毒藥很可能是加在咖啡裡，建昌不愛喝白開水，也不會把咖啡倒進杯子裡喝，他都是直接拿起來喝，除了把毒藥加進咖啡裡，沒有其他方式讓他喝下毒藥。」

「可是他下午一直在喝那瓶咖啡，我看到他喝了好幾次耶！」大林不以為然。

「毒藥很可能後來才加進咖啡。」夏辰插嘴，「兇手把毒藥加進建昌已經喝過的咖啡裡，他就會毫無防備喝下咖啡。」

「我也覺得有這個可能，建昌習慣把咖啡放在包包的外側置物袋，只要偷偷打開瓶蓋把毒藥放進去就好了。」千慧贊同夏辰的分析。

「建昌有把咖啡帶去餐廳嗎？」

「沒有。」大林馬上回答，「我離開房間時看到他把咖啡放在梳妝台。」

「我在餐廳時也沒看到桌上有咖啡。」千慧也附議。

「毒藥是不是下在咖啡裡，送去檢驗就知道了。」戴明覺得太陽穴的青筋在跳動，生平第一次，兩個人在他面前被毒殺，他卻完全摸不著頭緒，也不知道建昌是不是最後一個被殺害的人，還是眼前這些人會一個個被殺害。

「我再強調一次，從現在開始，你們絕對不要吃任何東西或喝任何東西。犯人很可能想殺光所有人，而且手法非常巧妙。」戴明努力讓語氣充滿威嚴。

「也不要刷牙或漱口，氰化鉀也可能加進牙膏裡。」夏辰的語氣也非常凝重。

「我搞不懂！真的搞不懂！這怎麼可能？怎麼可能有人想殺我們？或是殺靜美和建昌？」阿誠非常焦躁。

大林瞪著瑋哥，「一定是你搞的鬼！只有你有備份鑰匙！」

「從剛剛發現建昌不見，我一直在警官旁邊，要怎麼過來用備份鑰匙開你們房間的門？」瑋哥非常不悅。

「鑰匙！」戴明猛然想到，「這間房間的備份鑰匙還在你身上嗎？」

瑋哥馬上從包包裡拿出所有的備份鑰匙，找出這間房間的鑰匙，為了避免他在假裝，戴明拿鑰匙插進鑰匙孔，可以轉動，果然是這個房間的鑰匙。

如果有人悄悄從瑋哥的包包裡偷走鑰匙，偷偷把建昌移進房間，再偷偷把鑰匙放回瑋哥的包包呢？或是從大林的包包裡偷走鑰匙再放回去？

彷彿視穿戴明的疑問，夏辰又說，「剛剛搜索房間時，為了避免發生同樣的事，我一直有在注意，沒有人曾經離開。」

「我也有在注意。」阿霞也說，「我也怕又有人突然不見，一直有在數人數。」

「我也是，我很肯定搜索房間時沒有人離開。」千慧的語氣也十分肯定。

剛剛搜索房間時，想上洗手間的人都會順便如廁，沒有人用想上洗手間的藉口離開，再加上三個女人都有在注意，可以確定沒有人離開。

「房間鑰匙在大林身上，備用鑰匙在瑋哥身上，如果建昌是自己開門進來，他身上應該有鑰匙，警官要不要找找看？」夏辰的思考果然非常縝密。

戴明戴上手套搜索建昌所有的口袋，沒有鑰匙，他又搜索了建昌的包包和皮夾，找不到鑰匙，他只好澈底搜索房間，還是沒找到鑰匙。

「找不到鑰匙？」夏辰的眉頭深鎖。

「怎麼可能？沒有鑰匙建昌怎麼進來？」大林滿臉疑惑。

「既然房間裡找不到鑰匙，鑰匙應該在兇手身上。」賴志勳也提出分析，「兇手跟建昌一起進房間，再鎖上門離開。」

「沒錯！剛剛我們所有人都一起行動，既然鑰匙不在建昌身上也不在房間裡，一定在兇手身上，兇手一定躲在我們找不到的地方！剛剛我們搜索房子時沒找到建昌，可是建昌明明在山屋裡，可見有我們不知道的祕密躲藏地點！」阿誠的語氣鏗鏘有力。

「可是能找的地方都找過了，山屋就這麼大，哪來的祕密躲藏地點？」阿霞照例反駁阿誠的論點。

「就是啊！」瑋哥搖了搖頭，「山屋真的沒有其他地方可以躲了。」

「那要怎麼解釋鑰匙的事？沒有鑰匙建昌就進不了房間啊！」大林非常困惑。

「也許關鍵就在建昌的死前訊息，他一定想表達什麼。」千慧皺著眉頭思考。

「我也這麼認為。」夏辰打量著昏暗的房間，「我不認為有外來的兇手，鑰匙是兇手設下的謎題，他一定用了什麼技巧讓鑰匙消失。」

「妳是說兇手在我們之中？」阿誠一臉不高興。

「就種種證據研判，這個機會比較高。」

「人的思考很容易陷入盲點。」賴志勳依然心平氣和，「目前證據有限，兇手有可能在我們之中，也可能躲在山屋的某處。」

「兇手一定躲起來了啦！剛剛建昌就躲得不見蹤影，不是嗎？」阿霞沒發現她講的話跟剛剛相互矛盾。

「就是啊！」阿誠的論點終於得到妻子的認同顯得得意洋洋，「我剛不就說了？既然建昌有辦法躲起來，兇手就有辦法躲起來！」

戴明搔了搔頭，這句話也有道理，如果建昌可以躲得不見蹤影，兇手當然也能躲得不見蹤影，只是……到底躲在哪裡？他們已經搜索過山屋所有能躲藏的地點，這裡又不是有二、三十間房間大得像迷宮的房子，山屋只有兩層樓，一共十二間房間，外加彼此相通的餐廳、廚房、交誼廳和公用洗手間，結構極為單純，空間也不大。

「請問，這裡有地下室嗎？」夏辰提出了新的問題。
「搞不好有隱藏的密室？推開某個祕密的門就可以躲進去？」阿誠也提出新的論點。
「沒有。」瑋哥搖頭。
「不可能，這裡只是供山友跟旅客過夜的山屋，絕對沒有密室。」阿俊猛力搖頭。
「一定有什麼我們想不到的盲點，只是我們還沒搞懂。」千慧皺著眉頭思考。
「要把建昌留在這個房間嗎？保留現場之類的？」大林的語氣有些遲疑。
又多了一具遺體，戴明的心情非常沉重，知道老人家對遺體都非常忌諱，再加上山屋的雙人房不多，要大家換去住另一側的八人房，剛剛又已經把靜美的遺體搬去八人房角落的房間，怎麼想都不妥，他決定還是把建昌的遺體也搬去放置靜美遺體的房間。
把建昌的遺體和房間的各個部分都拍了照片，戴明麻煩瑋哥跟他一起把建昌的屍體搬到八人房，放在另一張床上。
處理好，戴明按照原定計畫，把房間內的所有物品包括那瓶咖啡都搬到八人房，為了避免有人趁著搬東西偷藏物證，所有物品都由戴明親自搬運，雖然麻煩，他依然一間房間一間房間慢慢搬，又為了避免有人落單遇到危險，所有人都得一起行動。
情況非常詭異，大家看彼此的眼神充滿疑懼，神情也變得非常小心，這種時候如果有人出現異常舉動，應該會馬上被發現。
終於將所有人的物品都搬進八人房，戴明說要搜查所有人身上的物品，也許是不想被懷疑，大家都很配合，戴明檢查了所有人的口袋，拿走所有物品，大家隨身攜帶的包包也都放進八人房。

離開八人房鎖好門，瑋哥也把備份鑰匙都交給戴明。

「要再去餐廳討論案情嗎？」千慧的神情有些疲倦。

「外婆已經很累了，我想先陪她回房休息。」夏辰一臉無奈，「警官還有想詢問的事嗎？」

戴明看了時間，晚上十一點多，一整晚經歷兩個凶殺案，又四處搜索山屋，戴明看得出大家都非常疲憊，應該讓他們回房休息嗎？會不會有危險？如果是年輕人他可以提議去餐廳熬夜不要睡了，偏偏是一群老人家，他們一定撐不住。

雖然很不情願，戴明也只能說，「我現在也沒想到還能問什麼，大家先回房間休息吧！」

「今晚落單應該很危險吧？」阿霞忽然說，「我想說今晚我跟千慧一起住，大林可以跟我先生一起住。」

這樣妥當嗎？兇手就在他們之中，但是兩人一間，只要其中一個人死了，另一個人肯定就是兇手，兇手會那麼笨嗎？

「老師一個人住會不會有危險？」大林一臉擔心。

「賴老師可以跟我一起住。」戴明馬上說，「反正是雙人房，跟我一起住很安全。」

「我不太習慣和人同床睡呢！」賴志勳一臉為難。

「不行！」戴明非常不悅，「我可不想明天起來又多一具屍體，今晚就麻煩老師跟我擠一擠了。」

他說著又想到，他的房間在樓下，大林和阿霞等人的房間在二樓，如果二樓有狀況，狂風暴雨中，他根本聽不到聲音，太危險了。

「所有人都搬去二樓住！」戴明當機立斷，「這樣比較安全，麻煩辰辰跟外婆也搬去二樓，我今晚不睡了，會在走廊巡視，老師可以獨佔雙人床好好睡覺。」

「這樣警官太辛苦了吧？」千慧一臉過意不去。

「總比明天起來又發現屍體好，我們是人民的保姆啊！熬夜工作沒什麼，好了你們都累了，回房間睡覺吧！」戴明轉頭對瑋哥說，「你跟阿俊也可以回房休息了。」

「好，麻煩警官了。」瑋哥鬆了一口氣。

有兩間房間已經成為兇房，戴明知道他們都很忌諱，他跟賴志勳一起搬進原本千慧跟靜美的房間，那裡最靠近樓梯，比較方便守衛，夏辰貼心地跟外婆搬進原本建昌跟大林的房間，讓千慧跟阿霞可以睡原本賴志勳的房間，阿誠跟大林則是睡在原本阿誠跟阿霞的房間。

為了避免有人趁回房間收拾換房間時藏起物證，戴明親自監視每個人換房間收東西，處理好，大家才各自回房休息，戴明就守在走廊。

今晚發生的事件太離奇，原本幾乎可以確定兇手就在這群人中，建昌死亡的房間卻是密室，兩把鑰匙各在大林和瑋哥手上，從搜索過房間到發現屍體，大林跟瑋哥都不曾離開戴明的視線，建昌身上和房間裡卻找不到另一把鑰匙，只能推斷還有一名握有鑰匙的外來兇手，但是他們已經搜索過整個山屋都沒找到兇手，他真的無法理解。

還有建昌留下的死前訊息，一瓶威士忌和手錶，到底是甚麼意思？

戴明按著太陽穴，腦袋隱隱作痛，外頭依然風雨交加，狂風呼嘯聲響驚人，凝視著昏暗的走廊，這恐怕是他成為警察以來最難熬的夜晚。

台灣杜鵑

3

李隆桌上的分機響了，他接起電話，「喂？」

「請找李隆組長。」

「我就是。」

「您好，我是彰化田中分局的王警官，您要我們協助調查的事，已經有結果了。」

「麻煩你了，請說。」

調查完莎拉失蹤前的行蹤，李隆調出莎拉的戶籍資料，資料顯示她來自彰化田中的偏僻農村，父不詳，母親已經過世，外婆還在世，考慮到莎拉也可能突然回田中，李隆請田中分局協助調查。

負責調查的王警官聽李隆說明完案情，對案件非常關心，親自去了一趟農村。

莎拉本名林怡倩，王警官開車到了她的戶籍所在地，發現那裡是純樸的四合院。

找到林家阿嬤，怕阿嬤擔心，他謊稱是一般的戶口調查。

「怡倩在台北上班，每隔一、兩個月就會回來看我，七月初有回來過，最近應該會再回來。」阿嬤的身體依然很硬朗，非常健談，沒等王警官多問，就把莎拉的身世全盤托出。

林怡倩的母親林靜珠在彰化讀高職，畢業後就去台中工作，一開始是當洗頭小妹，工作一個換過一個，不知何時遇到壞男人，有一天突然抱著才三個月大的林怡倩回家，把小嬰兒丟在家裡，又走得無影無蹤。

阿嬤辛苦種田把林怡倩撫養長大，林靜珠很少回家。四合院只有一台電話，在隔壁家，某天台中市警局打電話到隔壁家，隔壁要阿嬤去聽，說是林靜珠吸毒過量死了，鄰居開車載阿嬤去台中認屍，領回了遺體，那時林怡倩才十歲。

林怡倩學業成績不佳，高職畢業後就說要上台北找工作，阿嬤本來很反對，要她留在家裡種田，林怡倩不愛種田還是走了，有陣子很少回來，後來說找到工作，每隔一、兩個月會回家一趟。

「怡倩很孝順，每次回家都會拿錢給我，我都幫她存起來，等她出嫁時好給她當嫁妝。」阿嬤說得非常開心，對外孫女在台北的生活一無所知。

王警官說明完，語氣非常沉痛，「我能查到的只有這樣，希望你們那邊可以全力搜索，阿嬤還在等她回家。」

「我明白了，謝謝你。」

放下話筒，李隆長嘆了一口氣，視線看向桌上的莎拉照片。

二十二歲，十八歲高職畢業後，在台北的四年間，莎拉經歷了什麼樣的生活？他調查發現，莎拉一開始在火鍋店當店員，薪水低工作又忙碌，台北的誘惑太多，莎拉辦了信用卡之後，很快就因為購買昂貴的服飾和包包等奢侈品欠下不少卡債，不到一年莎拉就信用破產，她離開了火鍋店，也沒再有就業紀錄，推測她信用破產之後就開始在萬華站壁。

棘手的是，莎拉恐怕已經凶多吉少。

考慮到兇手有連續犯案的可能性，李隆把一年內失蹤人口的資料都調出來，從中篩選出從事性交易的人，調查之後確認的有三位。

兩個傳播妹，一個是兼職從事網路性交易的ＯＬ。

兩個從事性交易的傳播妹的失蹤沒受到轄區派出所的重視，因為她們都和家人失聯，沒有穩固的人際關係，沒有人因為他們的失蹤著急，即使有人幫她們報失蹤，也不會著急地找警方詢問。

在人口達兩百七十萬的台北，無聲無息地人間蒸發並不少見，畢竟，台北是會吃人的城市。

李隆又嘆了一口氣，才拿起三個失蹤者的資料又看了一次。

第一個失蹤的傳播妹是小宛，二十三歲，報失蹤的人是小宛的房東，小宛住在林森北路巷子裡大樓的獨立套房，大樓裡住的幾乎都是在附近酒店上班的小姐，出入非常複雜。

房東是有錢人，坐擁不少房產，小宛三個月沒繳房租，他打電話都連絡不上，決定過來套房找人，跟管理員詢問，發現小宛已經三個月沒拿掛號信，房東用備份鑰匙開了門，發現房內物品都好好的，沒有收拾離開的跡象，覺得不對勁才決定報警。

轄區員警跟小宛的家人連絡過，小宛是桃園人，父親早逝，母親再嫁，小宛跟繼父處不好，來台北上大學之後就鮮少回家，最近一年都沒跟家人連絡，母親對她的失蹤漠不關心。

根據資料，小宛大約在三月中失蹤，她最後一次去管理處簽名領掛號信的日期是三月十八日。

警方連絡小宛所屬的傳播公司，傳播公司坦承小宛有從事性交易，也交出顧客名單，根據公司資料，小宛最後一次跟公司安排的對象從事性交易是三月十七日，客戶要求小宛去汽車旅館，警方調查時相隔時日太久，汽車旅館和附近馬路的監視器影像都已經被洗掉了。

警方調查了那名客戶，是普通上班族，查不出可疑之處。

傳播公司從三月二十日起就連絡不上小宛，傳播妹不想做了無故失聯很常見，傳播公司沒有積極處理。

警方調查通聯記錄，小宛的手機從三月二十日就沒有通聯記錄，推測小宛在三月二十日失蹤。

第二名失蹤的傳播妹是小春，二十一歲，她的情況和小宛差不多，同樣住在林森北路巷子裡大樓的獨立套房，也是由房東報案，只是房東報案的速度比前一名房東快，距離小春失蹤才過了兩個月。

根據資料，小春在五月初失蹤，她的家庭狀況和莎拉比較接近，台東人，母親是原住民，懷了父不詳的孩子後就把孩子丟回家，不久就因為酗酒過量早逝，小春由外婆撫養長大，學業成績不佳難以升學，找工作不順利，一年前開始進入傳播公司工作。

不同的是，小春跟外婆感情非常差，十八歲上台北念書後就不曾回家也沒跟外婆連絡，外婆得知小春失蹤，反應非常冷淡。

小春的手機在五月三日之後就沒有通聯記錄，推測她在五月三日失蹤。

最後一名失蹤者是兼職從事網路性交易的婷婷，二十四歲，她在一家小規模的貿易公司擔任行政助理，無故曠職三天後，貿易公司的主管一直連絡不上她就報警了，婷婷住在忠孝東路巷子裡的獨立套房，屋內物品完好，沒有收拾離開的跡象。

婷婷從六月十三日開始曠職，手機從六月十三日之後就沒有通聯記錄，調閱住處大樓的監視器，發現婷婷從六月十二日早上出門上班之後就沒再回去過，調查公司大樓的監視器，婷婷六月十二日下班後在公司大門前搭上計程車，警方按照車牌找到計程車，計程車所屬的公司有紀錄，婷婷是搭到捷運南京東路站，警方又調閱附近路口的監視器，發現婷婷在南京東路站前和一名戴鴨舌帽的男子會合，兩人一起走進附近沒裝監視器的巷子，就此失去蹤影。

警方破解婷婷留在房間裡的筆電密碼後，由於她的臉書沒有登出，警方才發現婷婷加入許多網路性交易的臉書社團，調查私訊確認她有從事性交易，遺憾的是婷婷都要他們加Line，約碰面都是用Line連絡。

李隆費了很大的功夫交叉比對四個失蹤者的顧客名單，莎拉的客戶名單主要是透過她的手機通聯記錄以及阿麗提供的線索，小宛和小春除了公司提供的客戶名單，也透過手機通聯紀錄調查，婷婷則是澈底檢視她的臉書私訊內容和通聯記錄，過濾出和婷婷交易過的名單。

花費許多心力辛苦比對，卻徒勞無功，李隆找不到四名失蹤者的共通點或共同客戶，除了小宛和小春有地緣關係，莎拉和婷婷沒有任何共通點。

是他想太多了嗎？從三月到七月，短短四個月四名從事性交易的女人離奇失蹤，任何人都可以嗅出犯罪氣息。

會是擄人集團嗎？她們已經被賣到國外賣淫？不，莎拉被載去大佳河濱公園，歹徒租來的車就棄置在那裡，租車用的身分證則是偷來的，這不像擄人集團的手法。

一定有共通點，他一定得找到四名失蹤者的共通點。

☆

黑暗的房間裡，夏辰站在窗邊凝視窗外的狂風暴雨，隱約見到樹影搖晃，驟雨聲響不停。

剛剛外婆在大家面前一直很鎮定，回到房間後才喃喃說著太可怕了，怎麼會突然死了兩個人，夏辰知道外婆受到不小的驚嚇，她安慰了幾句，外婆已經很疲累，躺上床很快就睡著，夏辰卻毫無睡意。

恐怖離奇的夜晚，終於排出空檔陪外婆來翠峰湖遊歷，作夢都沒想到會遇上殺人事件。

活生生的人在自己眼前死去……曾經，她就是害怕親眼面對死亡，才會毅然決然離開醫學系。

大體解剖，授課的教授說，必須尊稱大體為老師，上課前，得先為大體老師默禱。

冰冷的屍體，刀劃過肌膚的觸感，停止跳動的心臟，第一次親手觸摸人體的臟器，下課後很多人衝去洗手間吐了，夏辰也是。

在醫學系，夏辰學會對生命的尊重，生命非常脆弱，因為脆弱更顯可貴，輕易奪去人命的人，不可原諒。

今晚的事件有許多疑點，唯一可以確定的是，靜美和建昌絕非自殺，有人下毒殺了他們，兇手很可能就在今晚初識的這群人中。

警官戴明，身高估計一百八十五公分，身材高壯，相貌兇惡，知道他就住隔壁房間時，外婆原本偷偷擔心他可能是流氓，沒想到卻是警官，他的思考不夠縝密，處事卻十分明快，一直用警戒銳利的眼神看著大家，頗有警官威嚴。

他不像兇手，夏辰看不出他跟這群人有任何利害衝突。

最可疑的是賴志勳攝影班一行人。

賴志勳是小有名氣的攝影師，談吐非常有深度，攝影集的照片都非常漂亮，夏辰想不出賴志勳殺害攝影班學生的動機，但賴志勳確實有下手的機會。

千慧是數學老師，同樣教數學，雖然授課對象年齡不同，她和千慧聊得十分投契。

千慧和靜美同事二十五年，感情很好，經常一起跟團出國旅遊，退休後還一起去社區大學上課、報名攝影班，千慧對於靜美的死非常傷心。

儘管如此，比起其他人，千慧更有機會在靜美的藥物裡下毒。

阿誠，性格爽朗，習慣當領導者，和神經質的阿霞相較，他不像有能力細心縝密安排殺人計畫，也看不出他跟靜美和建昌之間有利害衝突。

大林，性格大剌剌，說話大聲行事莽撞，就性格而言最不可能是兇手，也最缺乏安排殺人計畫的能力。

阿霞，性格縝密神經質，具備安排殺人計畫的頭腦，設計密室之類的陷阱也很像阿霞會做的事。

即使看不出動機，就能力而言，她得把阿霞跟千慧排在嫌疑的第一名。

瑋哥和阿俊，夏辰不認為山屋的櫃檯人員會為了昂貴的相機殺人，他們也沒機會在靜美服用的藥物裡下毒，除非毒藥加在晚餐裡，但氰化鉀一服用就會馬上發作，如果裝進膠囊加進晚餐，應該很快就會被發現，更何況若用膠囊在晚餐裡下毒，為了確保成功，不可能只準備一顆膠囊，一定得放好幾顆，更容易被發現，即使沒被發現，也不可能只有靜美吃到毒藥。

靜美的死應該是兇手事先把塗上氰化鉀的維他命放進藥盒，回房間上完洗手間，習慣晚餐後服食維他命的靜美吃了藥，氰化鉀的藥效很快發作，她才會倒在房間裡。

靜美的死很單純，反而更難鎖定兇手，建昌的死則是充滿難解的謎團。

首先，大家搜索時，建昌究竟躲在哪裡？他們搜索了所有的房間都沒見到建昌，當時他一定在山屋的某個地方，究竟怎麼躲過搜索？

密室是另一個謎團，房間的鑰匙一把在大林身上，一把在瑋哥身上，建昌身上和房間裡都找不到鑰匙，他應該無法進上鎖的房間，屍體卻出現在房間裡。

兇手把毒藥加進咖啡的可能性最高，根據大林的說法，下午建昌還在喝那瓶咖啡，當時咖啡顯然無毒，兇手是何時把毒藥放進咖啡裡？也是趁他們拍照時嗎？他要怎麼確定建昌會在什麼時候喝咖啡？

最後，就是建昌留下的死前訊息，那一定隱藏了兇手的線索。威士忌和手錶，從中文看不出關聯或暗示，英文是Whisky,Watch，是暗示兇手的姓名縮寫嗎？W.W.？

她依序思考每個人的名字，戴明，DAI MING.

賴志勳，LAI ZHI XUN.

吳秉誠，WU BING CHENG.

謝美霞，XIE MEI XIA.

林建國，LIN JIAN GUO.

陳千慧，CHEN QIAN HUI.

夏辰，JIA CHEN.

外婆……雖然她不認為建昌知道外婆的名字，江貞，JIANG ZHEN.

兩名被害者，王靜美，WANG JING MEI，趙建昌，ZHAO JIAN CHANG.

瑋哥，瑋是WEI，阿俊，俊是JUN.

沒有人的縮寫是W.W.阿誠姓吳，還是W就是指吳？或是暗指他們夫妻倆是共犯？不然就是瑋哥了，WEI和酒Wine諧音，若是這樣，手錶又指什麼？這樣的解釋會不會太輕率？

台灣人很少用英文縮寫，建昌以前是品管，長期待在大陸，臨死之前想到英文的機率實在不高，除此之外，威士忌和手錶，還能有什麼含意？

把所有的疑點都想過一次，思考了一段時間，夏辰終於決定走出房間。

戴明正坐在走廊的地板上發呆，看到夏辰走出房間，他嚇了一跳，趕緊起身，「外婆怎麼了嗎？」

「沒有，她已經睡了，我只是想來跟警官討論案情。」

戴明鬆了一口氣，「請說。」

「今晚最讓人困惑的是建昌的消失之謎，以及密室。我有幾個推測，想跟警官討論。」

「沒問題，我很樂意聽聽教授的見解。」

「我還不是教授，叫我老師就好了。」夏辰十分尷尬，「今晚的案件讓人非常困惑，我越想越睡不著，想說跟警官討論或許可以突破盲點。」

「妳有什麼想法？我也一直在想建昌失蹤時躲在哪裡，我們搜索了整個山屋都找不到他，瑋哥跟阿俊都說沒有地方可以躲了，我真是想不透。」

「這一點我也還沒想通，倒是密室的部分，我有個想法。房間之所以形成密室，是因為鑰匙一把在大林身上，一把在瑋哥身上，房間裡、建昌身上和他的包包裡都找不到鑰匙，對吧？」

「嗯，房間跟建昌身上我澈底搜索過了，都沒找到鑰匙。」

「可是建昌一定得有鑰匙才能進上鎖的房間，我們可以用排除法。」

「排除法？」

「搜索完大林跟建昌的房間，要離開時，我們所有人都看到大林把房間鎖上，沒有鑰匙，就不可能進房間，這你同意吧？」

「當然。」

「所以可以推論，除了大林和瑋哥身上的鑰匙，一定還有一把鑰匙。」

「可是瑋哥說山屋的鑰匙沒有失竊過啊！」

「這裡就得用排除法了，搜索時大林跟瑋哥一直在我們旁邊，鑰匙就在他們身上，我們必須考慮兩個可能性，一個是大林或瑋哥跟建昌串通了，搜索時他們其中一個人趁大家不注意把鑰匙放在某個地方，讓建昌可以拿到鑰匙，這種情況下，建昌進房間之後，沒有機會把鑰匙交回大林或瑋哥身上，我們已經確認過大林或瑋哥攜帶的確實是房間的鑰匙，只能排除這個可能性，你同意嗎？」

「嗯，我同意。」

「排除剛剛那個可能，就只剩下另一個可能，就是那個房間有第三把鑰匙，既然山屋的鑰匙沒有失竊過，一定是有人拿了房間的鑰匙，自己又打了一副鑰匙。」

「從這裡開車到山腳下打鑰匙少說要一個多小時，太麻煩了吧？」

「如果犯人有企圖，他不會嫌麻煩的。」

「可是建昌的身上、包包和房間我都找過了，沒找到鑰匙。」

「我認為鑰匙一定在某個地方，也許建昌用巧妙的手法把鑰匙藏起來甚至丟出房間了，不是我質疑警官的專業，這是唯一的可能性。」

「明天早上我可以再仔細搜索一次。但是，我不明白建昌為什麼要把鑰匙藏起來或丟出房間？」

「我推測是兇手要他這麼做，甚至我們搜索時他躲起來也可能是兇手的指示。」

「他為什麼會乖乖聽兇手的話？」

「我也不明白，這個事件還存在許多難以理解之處。」夏辰眉頭深鎖，「我也很難相信殺害兩個人的惡意存在我們今晚認識的人中，只是，種種跡象都顯示兇手不可能是外來者。」

「還是有可能是外來的兇手啊！這樣鑰匙不見就說得通了，也許兇手躲在我們意想不到的地方。」

「可以找的地方我們全都找過了，更何況外來的兇手不可能在靜美的藥物中下毒，警官，你真的認為是外來的兇手嗎？」夏辰用銳利的視線看著他。

戴明無力地吐了口氣，「沒有，我也認為犯人在那群人中。」

「所以，兇手一定是建昌很信任的人。」

「就我的觀察，阿誠、大林、千慧跟賴志勳應該都很容易取得建昌的信任。」

「嗯，建昌性格沉默憨直，想像中，如果這幾個人找理由要建昌暫時躲起來，建昌應該會照辦，只有阿霞比較不適合……」

「因為她老公就在旁邊，那樣太奇怪了，除非她跟建昌本來就有姦情。」

「我們也不能排除這個可能性。」

「所以妳無法排除任何人的嫌疑？」

「是，目前可以確認的，就是那個房間不是真正的密室，只要有人多打一副鑰匙，把鑰匙交給建昌，建昌又把鑰匙藏起來，就能構成密室。」

「我覺得這個案件背後一定有我們不知道的隱情，不然犯人為什麼要一口氣殺兩個人？」

「警官覺得他們對我們有所隱瞞嗎？」

戴明認真思索，「我認為其中一個或兩個人對我們有所隱瞞，但是應該沒有集體隱瞞的事。」

「我也這麼覺得，從他們的表現看起來，應該沒有共同隱瞞的事。」

「我實在想不透，犯人基於什麼理由要殺害兩個退休老人，如果今天他們說彼此間沒發生過衝突是真的，就更讓人想不透了。」

「如果死亡的只有靜美，還能推測是爭風吃醋，比如說阿誠跟靜美有外遇之類的，可是死亡的是靜美和建昌，我也猜不出動機。」夏辰無奈地嘆了一口氣。

「還是他們知道了什麼祕密？像是……阿誠跟千慧有外遇被建昌跟靜美發現了，千慧不想被阿霞告，為了隱瞞，只好殺了他們。」

「為了逃避妨礙家庭的罪名犯下殺人罪，似乎不太值得。」

「說的也是。」戴明用力抓了抓頭。

「我在建昌的失蹤和密室的縝密布局中感覺到強大的惡意，他們其中一個人一定戴著偽裝得非常好的面具。」夏辰的臉色非常凝重。

「妳是說……可能有個人是殺人魔或殺人狂？」戴明的腦中閃過千慧、阿誠、阿霞、大林和賴志動的臉孔，當了十幾年的警察，他不是沒遇過大案子，胡亂殺人砍人或是酒駕撞死人還毫不在乎的人他都見過，今晚在翠峰山屋認識的那幾個人，真的不像殺人犯。

「我非常不希望如此，如此縝密的殺人手法，表示兇手無論如何都想殺死被害人，還花了很多心思策畫，他一定反覆思考過很多次該怎麼殺人，實在令人不寒而慄。」

「老師，妳在大學教書一定很少遇到壞人，壞人我們見多了，只是認真計畫殺人的確實比較少。」

「殺人非常殘忍，大部分的人都是一時衝動殺人，或是喝了酒開車意外殺人，可以冷靜思考殺人計畫，還計畫殺害不只一個人，兇手人性中的兇殘部分恐怕超越我們的想像。」

「妳對於建昌拿著威士忌跟手錶有什麼想法嗎？」

「思考過幾個可能性似乎都不正確，我還在努力思考。」

「我最害怕的就是又有人遇害。」戴明深深嘆了一口氣。

「我也是。」夏辰也無奈地嘆了一口氣。

「已經半夜十二點多了，妳還不睡嗎？」

「工作太多，我習慣晚睡，不過確實該休息了，警官守夜一整夜不會無聊嗎？我有帶兩本小說，要不要借你？」

「不用了，我很少看書。守夜對我來說是小事，以前在金門當兵時常整夜站崗，我早就習慣了，不用擔心，妳早點睡吧！」

「好吧！晚安。」

「晚安。」

夏辰又回房了，戴明不禁嘆了一口氣，夏辰的推測稍稍釐清了案情，至少密室不再那麼神祕了，鑰匙一定藏在某個地方，只是他沒找到。

他們搜索時建昌為什麼可以躲得不見人影？連夏辰都想不出來，他大概也不需要費神思考了。

風聲越來越大，暴雨啪啦啪啦打在翠峰山屋的屋頂上聲響驚人，他想起颱風預計半夜登陸宜蘭，這會兒大概已經登陸了。

台北是不是也正遭受狂風暴雨的肆虐？手機收不到訊號，他沒打電話回家報平安，阿玫一定很生氣，風聲這麼大，品芳八成會被嚇醒哭個不停。

已經六個月大了，品芳還不肯吃副食品，只肯喝母奶，一個晚上要討奶好幾次，阿玫總是睡不好，戴明也常在半夜被品芳的哭聲吵醒，阿玫總碎念著說品芳到底何時才肯吃副食品，不管餵什麼她都會吐出來很傷腦筋。

戴明工作忙壓力又大，半夜被吵醒總是很煩躁，根本不想聽阿玫碎念更不想聽品芳哭，常常乾脆戴上耳塞繼續睡……現在卻好想念品芳的哭聲和阿玫的碎念，真想回家。

今晚的事件幾乎把他的腦袋搞成一團糨糊，幸好夏辰冷靜縝密地協助釐清案情，卻還是無法鎖定兇手。

有沒有可能夏辰或外婆才是兇手？他是警官，必須懷疑每個人。

賴志勳一行人下午都在翠峰湖拍照，雖然夏辰跟外婆也在翠峰湖散步，彼此陌生，她們不可能接近靜美的包包，回到山屋也沒有機會接近靜美的包包，不可能在靜美的維他命下毒，也沒有機會拿東西給靜美吃，除非有魔術般的手法，夏辰跟外婆沒接近靜美依然可以對她下毒，有這種手法嗎？

犯人就在他們之中，就在他身邊，他卻抓不到犯人，真令人煩躁！

狂風暴雨的夜晚，他只能默禱，今晚不要再發生殺人事件。

☆

李隆依然坐在辦公桌前凝視著資料，四名失蹤者的照片排在桌上，她們其實有個不需要調查就能找到的共通點，就是姿色平平，不算大美女。

這或許是小宛跟小春當傳播妹的理由，傳播妹沒有固定的工作地點，必須依照客人的要求跑點，不知道會遇到什麼客人，沒有安全保障，時薪也低，相較之下，酒店小姐有固定的工作地點，酒店的性質各自不同，無形中也幫客人做了分類，再加上酒店內有幹部和保全，也都有黑道保護，小姐的安全比較有保障，薪水也比傳播妹高很多，條件好的女人通常會選擇當酒店小姐，沒有條件進酒店工作或是只想兼職的才會當傳播妹。

當然，也不能排除小宛跟小春只想做一段時間，存夠錢就離職去做一般工作的可能性，只是根據調查，她們的戶頭幾乎都沒有存款。

婷婷來自苗栗的正常家庭，父親是普通的上班族，母親是家庭主婦，還有一個哥哥和一個姐姐，全家人都大學畢業，哥哥姐姐都有正當工作，婷婷私立大學畢業之後就進現在的公司上班，薪水不高但也足以生活，周遭沒有人知道她兼職從事性交易，父母得知她失蹤非常震驚，警方沒有說出她兼職的事。

調查婷婷的支出，警方發現她喜歡刷卡買名牌，偶爾還會跟同事一起去日本血拚，租的獨立套房一個月房租一萬元，以台北而言不算貴，但她的薪水才兩萬出頭，根本租不起。

她沒有負債，但也沒有存款，也就是說，她靠從事性交易來過自己過不起的生活。

李隆去這四個女人的住處看過，房間整齊，還飄散淡淡的香味，他在轄區員警的陪同下一起澈底搜查過房間尋找線索，翻過的東西還是會放回原位，畢竟，還是不能排除她們只是被某個壞男人拐跑，搞不好暫時去東南亞或哪裡賣淫，不久後還會回來的可能性，雖然她們都沒有出境紀錄，如果是有規模的集團，搞不好幫她們辦了假護照。

可能性太多，除非其中一個人的屍體出現，否則無法再做更進一步的搜查。

八月底，李隆調查完所有能調查的線索都找不到四個失蹤者的下落或更進一步的線索，原本以為很可能成為懸案，沒想到今天下午，案情忽然出現一絲希望。

有一位民眾將幾塊骨頭送到忠孝東路的派出所，說是在宜蘭的太平山秘境步道撿到，派出所將骨頭送去鑑定，確定是人骨。

李隆調查婷婷的資料時，曾經請忠孝東路派出所的員警協助，員警想起婷婷的案子，打了電話給李隆，他馬上請員警去四名失蹤者的住處拿來可以鑑定ＤＮＡ的梳子和牙刷等物品，好跟人骨的ＤＮＡ做比對鑑識。

他一直在等鑑識人員打電話來告知鑑識結果，卻不知道他到底期望人骨屬於其中一名失蹤者，還是不屬於任何一名失蹤者。

☆

狂風呼嘯，戴明猛然驚醒，看了看四周，他忽然意識到自己坐在地板上靠著牆睡著了一會兒，看了手錶，早上四點四十分。

山屋裡依然一片黑暗，只有身旁的手電筒發出微弱的光芒，似乎快沒電了。

走廊靜悄悄，似乎很寧靜，他深吸了一口氣，不確定自己睡著了多久，上一回看手錶時記得是三點五十二分，他頂多睡著半小時。

昨天下午練跑三十幾公里，果然對體力有影響，還是站起來好了，才不會又睡著。

真希望山屋裡有兩具屍體是一場惡夢，他拿出手機，手機依然顯示「無網路可用」，連緊急電話都沒辦法打。他非常渴盼手機能收到訊號，好趕快打電話報警，雖然他就是警官，但他習慣的辦案模式是周遭有一堆同仁，至少有一名搭檔，身上也有配槍，而不是像現在這樣，沒有配槍，面對著一群人，不知道誰才是殺害兩個人的兇手，也不確定自己有沒有能力防範兇手再度殺人。

好疲憊，他打了哈欠，一個人守夜非常無聊，山屋會在早上七點提供早餐，瑋哥跟阿俊至少六點就得起床準備吧？老人不是都很早起嗎？搞不好待會就有人起床了，最好有人出來陪他聊天。

一陣暴雨打在屋頂，聲響驚人，颱風還在宜蘭嗎？萬一颱風肆虐一整天，手機收不到訊號，也無法開車下山，他們會被困停電的山屋，當夜晚來臨，不會再有人被殺害嗎？

出發前，他本來還對這次的偽單身小旅行充滿期待。

喜歡參加路跑，他平常也會登山鍛鍊體力，警察工作忙，他又有妻兒，不可能去挑戰百岳，多半都是爬爬郊山，也沒住過山屋。

這次難得同事把山屋讓給他，他也特地查了翠峰山屋的資料。

翠峰山屋號稱是全台最豪華的山屋，雖然沒有電視，晚上十點之後就停止供電和供應熱水，但是能提供登山客獨立的客房、衛浴和舒適的床，是其他山屋遠遠比不上的。也因為如此，二〇〇八年整修完成之後，來翠峰山屋居住的多半不是登山客，而是來太平山玩的旅客居多。

怎麼也沒想到，豪華的山屋裡竟然會發生命案。

李隆桌上的分機響了，他急切地抓起話筒，「喂？」
「請問李組長在嗎？我是鑑識組的彥豪。」
「我就是，請說。」
「跟您報告鑑識結果，經過DNA鑑定，屍骨和林怡倩的DNA相符。民眾撿到的屍骨，分別是兩根指骨、一塊腕骨、半截尺骨和一塊頸椎，全都屬於林怡倩。」
李隆的心一沉，是莎拉，他發現自己比想像中難過，或許是不久前才聽彰化田中分局的王警員提過莎拉的外婆有多渴盼莎拉回去。
他一時說不出話，彥豪又說，「還有一件事要跟您報告。」
「什麼事？」
「白骨經過烹煮。」
「你說什麼？」
「經過鑑定，白骨曾經被烹煮。」
他猛然大叫，「你是說犯人會吃人肉？」
「不，我並沒有這麼說。」彥豪的語氣冷靜，「我的意思是說，屍體曾經被犯人烹煮，至於他做何用途，我們無法確定。」
「我明白了。」

放下話筒，李隆一時之間無法思考。

兩名值班的員警走進來，看到他，員警十分訝異，「組長，您還沒回家？颱風已經在宜蘭登陸，台北的風雨會越來越大，您最好趕快回家。」

他疲倦地嘆了一口氣，「不了，我今晚要睡警局。」

「夫人會生氣喔！」

他苦笑了，他也很怕老婆生氣，但是現在他更在乎莎拉的冤魂，終於找到屍體了，雖然只是一小部分，至少案情開始露出曙光。

腦袋終於開始運轉，他思考著民眾報案的內容。把屍骨送去忠孝東路派出所的是一對情侶，男的叫阿傑，女的叫小娜，上個月強烈颱風剛過境時，阿傑和小娜利用假期去太平山玩，那時山上的樹木都被吹得東倒西歪，阿傑覺得很好玩，拿著手機四處拍照，在太平山秘境步道拍照時，阿傑在斜坡下看到一個破裂的黑色垃圾袋和幾塊白骨，阿傑好奇爬下斜坡，小娜叫他別亂撿東西，阿傑還是撿了，他向來喜歡撿東西當旅遊的回憶。

那時阿傑沒多想，以為是被狗啃過的骨頭，回家後，工作忙碌，他很快把這件事拋到腦後，直到這次颱風又來，阿傑才想起這件事把骨頭找出來，他疑心是人骨，雖然怕自己想太多，還是決定送去住家附近的派出所。

當時阿傑沒注意那個黑色垃圾袋，他說回想起來，骨頭可能是從垃圾袋裡掉出來的，如果是這樣，那可能是一大袋人骨。

一開始沒想到是人骨，是因為骨頭都很小塊，阿傑解釋說，他以為人骨應該更大塊。

忠孝東路派出所的員警打給李隆時也說了同樣的話。

李隆想到彥豪說尺骨只有半截，莫非兇手為了棄屍，特意將骨頭打斷？

必須找到那袋屍骨才能找到更多線索，那袋屍骨還在太平山秘境步道嗎？明天得請宜蘭的警局協助支援了。

翠峰湖環湖步道

4

戴明靠在牆上又漸漸恍神，突然聽到開門聲，他才猛然驚醒，千慧一臉驚慌朝他跑過來，「警官，阿霞她……怎麼叫都叫不起來，你快來看看。」

戴明趕緊跟著千慧走進房間，外頭依然昏暗，他看了時間，早上五點多，夏天天亮得早，應該天亮了，八成是風雨太大才會這麼昏暗。

他用手電筒照射躺在床上的阿霞，臉色不太對勁，他用手按阿霞的脖子，溫度比他的體溫低，沒有心跳，也沒有呼吸，阿霞已經死了，根據屍體溫度下降的情況推測，死亡恐怕已經有好幾個小時。

千慧十分緊張，「怎麼樣？」

「她已經死了，妳的嫌疑最大。」戴明瞪著千慧。

「我、我不可能……我怎麼可能……她、她怎麼會……」阿霞非常驚慌。

戴明也不願意相信這是事實，但是千慧和阿霞一起住，他整夜守在門外，除了千慧還有誰有機會下手？

必須通知阿誠……想到心情就好沉重，夏辰忽然走進房間，「發生什麼事了嗎？」

「阿霞死了，警官說我的嫌疑最大……我、我不可能啊，妳應該知道我不可能，昨晚靜美走了，今天阿霞又……」千慧哭了出來，「怎麼可能，為什麼會這樣？」
「妳冷靜點。」夏辰態度溫和，「待會我們再來釐清案情，能不能麻煩警官去通知其他人？我想應該馬上通知阿誠。」
戴明沉重地點點頭，走過去敲阿誠和大林的房門，大林很快開了門，「什麼事？」
「阿誠呢？」
「他正在洗臉。」
老人家果然都早上五點多就起床了，起得真早。
「怎麼回事？我聽到敲門聲。」賴志勳也從房間走過來，原來他也起來了。
阿誠從洗手間走出來，「發生什麼事了嗎？」
「阿霞死了，你要……」戴明話還沒說完，阿誠就大叫，「你說什麼？」
阿誠推開戴明衝出房間，戴明也趕緊跟過去，阿誠衝進千慧跟阿霞的房間，搖著阿霞的遺體說，「阿霞、阿霞……」
夏辰抓住阿誠的手，「你冷靜一點，我剛剛檢查過，她已經死了……」
「不可能！我太太怎麼可能突然死掉？是誰殺的？」阿誠非常激動，「一定是你們其中一個人殺了她，是誰殺的，快說！我要把他碎屍萬段！」
困在停電的山屋裡，已經第三個人死亡，所有人的情緒都越來越激動，戴明只能努力鎮定，「我們先想辦法釐清案情，也許很快就能找到殺害你太太的犯人……」
「我不會放過他，我絕對不會放過兇手，我一定要殺了他！」阿誠大聲怒吼，沒意識到現在有多不適合做殺人宣言。

「發生什麼事了嗎？」外婆也走出了房間。

「我太太死了……她死了……」阿誠哭了出來，不像在作偽。

「阿霞死了？怎麼會？怎麼……一個晚上，死了這麼多人……」外婆非常震驚。

「我正要來釐清案情，能不能先請千慧說明昨晚的情況？」戴明又開始覺得頭在隱隱作痛。

「昨晚進房間，我們就準備睡覺，我想到靜美走了，還有建昌……很難過一直睡不著，翻了一段時間才終於睡著，五點鬧鐘響我就起來了，阿霞的手機鬧鐘也一直響她都沒有起來按掉，我走過去按掉鬧鐘叫她，怎麼都叫不醒，我覺得情況不對，就出去叫警官進來看阿霞的情況，沒想到她真的……」千慧聲音哽咽，「我真的沒辦法相信……」

「昨天警官有交代大家絕對不要吃任何東西，但是我剛剛檢查過，阿霞也有杏仁的味道，應該也是氰化鉀中毒……」夏辰語氣冷靜，臉色卻非常蒼白。

「我太太習慣睡前會吃安眠藥……我有交代她絕對不要吃，難道她還是吃了？」

千慧搖頭，「昨晚睡前我沒看到阿霞吃藥啊！」

「警官應該把安眠藥收走了吧？」阿誠瞪著戴明，「你不是把我們的東西都收走了？」

戴明努力回想昨晚的情況說，「昨晚你太太說睡覺要戴耳塞，就拿起一個小盒子，我想說耳塞沒關係，沒注意那到底是耳塞盒還是藥盒，難不成妳太太把安眠藥跟耳塞放在一起？」

夏辰用手電筒照射床頭，戴明忽然注意到，外面的天色終於漸漸亮了。

床頭的枕頭旁有個小盒子，戴明戴上手套拿起小盒子，打開小盒子，裡面有兩格，一格裡有兩顆藥，另一格是空的，他轉頭一看，才發現耳塞還在阿霞的耳朵裡。

「耳塞盒裡果然也有安眠藥。」戴明語氣沉痛，「她該不會睡不著，認為安眠藥絕對不可能被下毒就吃了吧？」

「有可能，我太太很難入睡，昨晚發生那樣的事，她一定睡不著，我明明跟她說不要吃……」

「已經有兩個人被殺，警官交代不要吃任何東西，為什麼她還是吃了安眠藥？警官也把旅館提供的礦泉水都收走了，她沒有水怎麼吃藥？」大林滿臉不解

「還是妳拿毒藥給我太太吃？」阿誠瞪著千慧，「兇手就是妳？」

「我沒有……」千慧非常驚慌，「我們身上的物品都被警官收走了，我哪來的毒藥？更何況在昨天那種情況下，如果我拿東西給阿霞吃，她會笨到吃下去嗎？」

「我也認為以阿霞的個性，已經有兩個人被毒殺，無論任何人拿東西給她吃，她應該都不會吃。」夏辰凝神思考，「水龍頭打開就有水了，安眠藥被下毒的機率最高，莫非她很有把握安眠藥不可能被下毒？」

「也是有可能。」阿誠皺著眉頭，「連我都不知道我太太的耳塞盒裡也有放安眠藥。」

有吃安眠藥習慣的人很可能對安眠藥重度依賴，不吃無論如何都睡不著，難道兇手是利用這一點？

雖然阿霞跟千慧住同一間房，千慧的嫌疑最高，但其他人也有機會在安眠藥下毒，不能排除任何人的嫌疑。

又死了一個人，氣氛非常沉重，沉默了一會兒，戴明才說，「我們大家一起下樓，去餐廳好好談談。」

所有人都默默點頭，阿霞端端正正地躺在床上，戴明覺得沒必要再費事移動屍體，走出房間，千慧鎖了門，戴明確認門鎖好了，大家一起走下樓。

瑋哥正要走進廚房，看到他們非常驚訝，「大家這麼早起？怎麼了嗎？」

「阿霞死了，我要跟他們在餐廳好好談談。」戴明語氣沉重。

「阿霞死了？又、又……怎麼會？」瑋哥一臉震驚。

「我們現在正要釐清案情，還是沒辦法跟外界連絡嗎？」

「嗯，手機依然無網路可用，現在風雨還很大，下山非常危險，只能看晚一點風雨會不會變小。」

「麻煩你跟阿俊也一起來餐廳，我也得跟你們了解昨晚的狀況。」

瑋哥點點頭，走進廚房叫阿俊出來，大家一起走進餐廳。

人越來越少，屍體越來越多，他們依然被狂風暴雨困在翠峰山屋裡無法跟外界通訊也無法離開，情況驚悚離奇，接下來又會發生什麼事？

在餐廳坐下來，天已經亮了，從餐廳的落地窗看出去，地面滿是被狂風吹斷的樹枝，颱風依然在山頭肆虐。

戴明環顧這群人，千慧跟阿誠的神情都非常悲痛，大林跟賴志勳看起來相對冷靜，只是臉色非常凝重，外婆拿著念珠默默念佛，夏辰眉頭深鎖。

想了一會兒，戴明才問了最重要的問題，「阿誠，你知道有哪些人知道你太太睡前一定要吃安眠藥嗎？」

「我太太很喜歡跟人聊天，我不確定她跟哪些人提過。」

「她有跟我講過。」千慧皺著眉頭，「恐怕有不少人知道。」

戴明看向大林，大林點頭，「聊天時她有提過。」

「我也聽她說過。」賴志勳也說，「有一次我上課打哈欠，她問我是不是沒睡好，我說有時會失眠，她就說她也嚴重失眠，得吃安眠藥才能入睡。」

換言之，全部的人都知道，戴明深深嘆了一口氣，已經死了三個人，他不相信兇手殺人沒留下任何線索，為什麼查不到線索？

「你們之中還有人有固定服食藥物的習慣嗎？」夏辰表情凝重。

「我習慣在睡前吃鈣片，聽說那樣最好吸收，昨晚警官交代不要吃任何東西，我的鈣片被警官收走了，該不會我的鈣片也被下毒了？」千慧的表情也非常凝重。

「我也是啊！我也習慣睡前吃鈣片，就是因為千慧說睡前吃鈣片最好吸收，難道我的鈣片也被下毒了？」大林一臉驚恐。

「我外出旅行時，睡前都會吃安眠藥。」賴志勳也臉色凝重，「難道安眠藥也被下毒了？」

「我不喜歡吃維他命鈣片那些東西，沒有定時服藥的習慣。要是我是犯人會那麼傻嗎？如果把大家都殺光，不就是在告訴警官我是犯人？」阿誠眉頭深鎖。

「有部著名的小說叫《一個都不留》，作者是阿嘉莎・克莉絲蒂，劇情是一群人被困在孤島，最後所有人都死光了，但是其中一個人是假死。」夏辰凝神思索，「我很確定靜美、建昌和阿霞不是假死，除非我跟警官都和兇手串通了。」

「怎麼可能？來翠峰湖之前，我跟你們都不認識！」戴明說完忽然想起昨晚夏辰的推測，「你們有人曾經來翠峰山屋住過嗎？」

「五年前我們一家人來過，兒子跟女兒也有一起來……」阿誠的表情彷彿又要哭了。

「這五年來都沒來過？」

「沒有。」

「其他人呢？」

「我因為拍照，在翠峰山屋住過幾次。」賴志勳心平氣和。

「最近一次是什麼時候？」

「去年十一月，來拍楓葉。」

「我沒來過，這回是第一次來，以後再也不來了！太可怕了！」大林沉痛地搖了搖頭。

「我也沒來過，這次是第一次來，沒想到……」千慧語調哽咽，她這輩子恐怕不會再來了。

「我跟外婆的情況，昨晚已經說過了。」夏辰嘆了一口氣。

戴明點點頭，情況依然沒有改變，甚至更危險，他無法排除兇手想下毒殺光所有人的可能性，唯一確保安全的方式是大家都不進食不喝水，這樣能撐多久？更何況，兇手難道不會突然改變殺人方式？

眼前的問題就是他應該讓大家吃早餐嗎？他看向瑋哥，突然想到，「麻煩瑋哥說明你們昨晚的行動。」

「昨晚大家回房之後，警官守在二樓，我跟阿俊基於責任感，又來餐廳、整修中的洗手間和廚房巡視了一次，沒有發現歹徒或可疑之處，就回房睡了。」

戴明曾經睡著大約半小時，兇手利用這段時間闖進千慧和阿霞的房間毒殺阿霞的可能性微乎其微，依照情況看起來，除非千慧就是兇手，否則兇手應該是在安眠藥下毒，如果阿霞按照他的囑咐沒吃安眠藥呢？兇手打算怎麼做？他沒有備案嗎？

「警官，你還有問題要問嗎？我跟阿俊該去準備早餐了。」

「不用了！我們才不吃東西，免得被你們毒死！」大林的語氣很衝。

瑋哥跟阿俊一臉為難，戴明考慮了一會兒，「你們先去準備，他們吃不吃待會再說。」

瑋哥跟阿俊默默走進廚房了。

戴明邀夏辰走出餐廳，餐廳的門是透明的，站在外面依然可以看到裡面的人，外婆坐在座位上默默念佛，其他人都臉色凝重地發呆。

「妳有什麼想法？」戴明非常苦惱，「吃早餐會不會有危險？」

「雖然我剛剛提到的小說兇手殺害了所有人，我覺得這個案子的兇手應該不是這麼打算，我很確定我跟警官和兇手沒有串通，他們不可能假死，既然如此，殺光所有人，大家就會知道兇手是誰，用這麼縝密的手法殺人，表示他沒有打算認罪，早就準備好脫罪，既然如此，兇手一定會留下幾個人當嫌犯。」

「也沒剩多少人了！」戴明十分煩躁，「一共就阿誠、大林、千慧和賴志勳四個人。」

「還有瑋哥和阿俊，現在依然無法澈底排除他們的嫌疑，當然，還是那四個人嫌疑最大，兇手很可能設好陷阱，將罪推到其中一個人身上。」

「他能怎麼做？」

「把氰化鉀偷藏到其中一個人的包包裡，等手機可以通話，鑑識人員來了之後，很可能在某個人的包包裡找到氰化鉀，那其實無法證明那個人就是兇手。」

「原來如此。」戴明用力抓了抓頭，「妳對兇手有頭緒嗎？」

「沒有，昨晚我又思考過，我們可以從一個方向來思考。」

「什麼方向？」

「突發狀況。」

「突發狀況？」

「嗯，昨天有個兇手事先沒有預料到的突發狀況，就是颱風突然加快速度轉向直撲宜蘭，導致翠峰山屋有大半的旅客先下山了，翠峰山屋每天都客滿，原本應該住滿四十四個旅客，即使八人房可以只住四個人，也會有將近四十個旅客，因為颱風的緣故，只剩下我們十個旅客，人數應該比兇手原本預估的少非常多。」

戴明已經明白夏辰的意思，「也就是說，如果翠峰山屋裡有四十個人在，很容易把罪嫌推給別人？」

「沒錯，以靜美來說，她習慣飯後吃維他命，兇手可能沒料到靜美會把維他命放在房間，如果靜美把維他命帶去餐廳，吃完飯就吃了維他命，她就會在餐廳倒下，周遭很多人，嫌犯相對多很多。」

「面對這個變故，兇手會……？」戴明用力抓了抓頭。

「變更原本的計畫，如果兇手就在他們之中，他應該知道回到山屋就很難有機會下手，把維他命或安眠藥塗上氰化鉀，或是在咖啡裡下毒等動作，應該在回到山屋前就完成了，回到山屋，兇手突然發現山屋有大半旅客都下山了，只剩我們十個人，但是毒藥已經在被害者身上，靜美跟建昌可能很快就會吃下毒藥死亡，他要怎麼不讓大家疑心到他身上？一定得製造出很特殊的情況，我猜，讓建昌失蹤就是他臨時想出來的計畫，既然是臨時想出來的，一定有破綻。」

「什麼破綻？」

「我已經有一些想法，現在還不宜討論，我得先釐清想法。」

戴明又用力抓了抓頭，為什麼有推理能力的人總是到了關鍵時刻就會突然說，不，現在還不宜說明。

夏辰身形纖瘦，表面像個弱女子，眼神卻很堅定，看得出她的意志非常堅強，她下定決心不說的事，肯定沒人能讓她說出來，戴明無奈地嘆了一口氣，「根據妳的推論，到底該不該讓大家吃早餐？」

「我認為沒問題，兇手應該沒有毒藥了，就看警官是否相信我的推論。」

「為什麼妳認為兇手沒有毒藥了？」

「昨晚警官把他們的物品都鎖進八人房，也搜過身，再加上大家都換過房間，換房間時警官也有監視大家，即使兇手原本將毒藥藏在房內隱密的地方也不可能有機會拿，更何況早餐由瑋哥和阿俊準備，現在大家都非常警覺，想偷偷下毒一定會馬上被發現，兇手也不可能事先在餐具下毒，因為山屋平常會有四十個人住宿，餐具非常多，兇手不可能知道瑋哥跟阿俊今天早上會拿哪些餐具給大家。除非兇手是瑋哥或阿俊才有機會下毒，可是若在早餐下毒，等於跟警官宣告自己是兇手，之前安排的縝密計畫就毫無意義了。」

「原來如此。」戴明鬆了一口氣，「所以我們可以吃早餐。」

回到餐廳，夏辰跟大家說明想法，所有人都同意她的推論，阿俊跟瑋哥端了早餐出來，連本來堅決拒吃的大林都默默去拿了地瓜稀飯。

大家吃得都不多，戴明喝了兩杯咖啡，期望腦袋可以順暢運轉，推敲出兇手。

吃完早餐，戴明請所有人都去櫃檯前的交誼廳坐著，好方便監視大家的行動。

瑋哥拿起遙控器試著開電視，電視卻沒畫面，電纜大概被颱風吹斷了。

沒辦法看新聞，無法得知颱風的訊息，手機依然撥不出去，大家只能呆坐在交誼廳茫然發呆。

十點多，風雨終於漸漸變小，瑋哥說應該可以開車去太平山莊了，太平山莊有市話可以報警，離太平山派出所也很近，警察可以馬上趕過來，瑋哥提議由他開車去太平山莊。

「不行！」阿誠憤怒地跳起來，「萬一你就是殺害我太太的兇手想趁機逃走呢？」

戴明也覺得不妥，雖然瑋哥跟阿俊是犯人的可能性很低，卻無法完全排除嫌疑，他不能放任他們離開，但是也不能由他去太平山莊，萬一他一離開，兇手就肆無忌憚殺光所有人逃走呢？

「警官必須留在這裡監視大家，所以，就由我開車去太平山莊報警吧！」夏辰心平氣和，「大家應該都同意我最不可能是犯人，是嗎？」

沒有人說話，戴明也認為夏辰是犯人的可能性微乎其微，除非她有魔術般的手法可以不靠近靜美就在靜美的安眠藥下毒。

他突然想到還有一個可能性，就是犯人不是同一個人，比如說，千慧毒死靜美，大林毒死建昌，阿誠毒死阿霞……但是，氰化鉀並不是容易取得的藥物，怎麼可能三人同時取得氰化鉀？還是……共犯？萬一夏辰是其中一個人的共犯呢？跟他聊這麼多只是在誤導他？

「警官同意我去太平山報警嗎？」夏辰有些疑惑。

「我有疑慮……萬一妳是犯人的共犯呢？」

「原來警官在思考這件事，如果我是共犯，現在離開最大的好處應該是湮滅物證，既然兇手跟外婆都還在這裡，我不可能獨自逃走，即使我是共犯，還是會報警再回來，唯一的疑慮就是犯罪的物證在我身上，我要趁機丟棄，如果擔心這一點，警官可以幫我搜身沒有關係。」

「呃……」男女授受不親，戴明哪有可能幫夏辰搜身？他用力抓了抓頭髮，「這樣不妥，女警才能幫女人搜身，我幫妳搜身回家會被我老婆殺了。」

「有三個人遇害，一定得儘快報警請鑑識人員過來，更何況警察來了才會有足夠的人手監視所有人，依照今天的天氣，我們無法確定之後風雨會不會變大，今晚會不會被困在山屋。」夏辰一臉無奈。

「我們家辰辰絕對不可能殺人！」外婆非常不悅，「她從小就是品學兼優的好學生，別說殺人，她連蟑螂都不敢打，還常把外面的小貓小狗撿回家，貓死了她還會哭很久，她絕對不是共犯！我可以用我的人格保證，要是辰辰真的是共犯，你就把我關起來好了！」

雖然說知人知面不知心，當警察一定得懷疑所有人，但是戴明相信外婆說的話，別說涉入殺人案件，夏辰肯定連蟑螂都不忍心殺害，他甚至可以想像夏辰叫蟑螂趕快逃走免得被打死的情景。

「不用搜身了，麻煩老師開車去太平山莊報警，我在這邊監視大家。」戴明下了決定。其他人都沒說話，戴明就跟夏辰一起走上樓，他站在樓梯口居高臨下監視交誼廳，夏辰走進房間，很快穿上防水外套，拿了車鑰匙和雨傘出來。

走下樓，夏辰撐著傘走出去，風很大，傘被吹得搖搖晃晃，戴明不禁默默想著，事情為什麼會變成這樣？讓一個弱女子冒著狂風暴雨開危險狹窄的山路去報警，如果夏辰在路上出事，犯人的手上就又多了一條人命。

他默默凝視賴志勳、千慧、阿誠和大林，犯人應該是他們其中一個人，已經死了三個人，為什麼他毫無頭緒？

白天山屋明亮多了，不像昨晚一片黑暗，坐在交誼廳環顧山屋，難解的謎題又浮現戴明的腦海，昨晚建昌究竟躲在哪裡？他們搜遍了山屋的所有地方，他明明無處可躲，為什麼會憑空消失又突然變成屍體出現？他留下的死前訊息到底是什麼含意？

困惑，他真的非常困惑。

☆

開車前往太平山莊的路上，大雨不斷打在車窗，視線模糊幾乎看不清山路，夏辰不得不放慢車速。

三條人命，三個人死亡的事實非常沉重，她的思緒無法離開案件。

好久不曾回來宜蘭，沒想到會在與世隔絕看似寧靜的翠峰山屋遇到兇殘的殺人命案。

建昌的失蹤之謎是怎麼回事？他失蹤的時候究竟躲在哪裡？躲……？小時候，外婆常帶夏辰回宜蘭，外婆家在五結，她會跟表兄弟姊妹一起玩，外婆家是寬敞的四合院，大家最愛玩捉迷藏了，有好多地方可以躲。

那時候，有個堂弟想出一個玩捉迷藏的小技巧，幾乎每次玩捉迷藏都沒人找得到他……

心裡一驚，夏辰非常激動差點撞上路樹，幸好即時轉了方向盤。

定了定神，她又整理了一次思緒，這個技巧能用在昨晚的命案嗎？把發生的事重頭想過一次，雨水依然不斷打在車窗，視線不清，夏辰腦中的思緒卻漸漸清晰，她終於解開建昌失蹤之謎，只有這個可能，沒有其他可能了。

遺憾的是，還有好幾個謎團待解。

最主要的問題就是，是誰用這個手法讓建昌消失？

夏辰向來有過目不忘的本領，昨晚所有人的衣著、行動和說過的話她全記在腦海裡。

想通建昌消失之謎，儘管還有幾個關鍵事項需要調查，但她幾乎已經可以確定兇手。

心裡的震撼無法言說，握著方向盤的手甚至在微微顫抖，真的無法相信，兇手竟然下得了手殺害那三名被害者。

兇手是什麼時候想好建昌失蹤的詭計？肯定是回到山屋，發現颱風即將登陸宜蘭，山屋大半的旅客都下山了，才決定製造懸疑事件，利用建昌的神祕失蹤製造山屋裡有外來的歹徒的假象，為了排除嫌疑設下的詭計，現在反而讓兇手陷入更大的嫌疑，為什麼？

對了，昨晚夏辰跟戴明討論時忽略了一件事，除了山屋大半的旅客因為颱風下山是犯人的失算，還有件事肯定也在犯人的預料之外，就是旅客中有警察。

戴明的外表看起來不像警察，問十個人，有十一個人會說戴明是流氓，昨晚兇手看到除了他們一行人，只有戴明、夏辰和外婆一起住宿時，肯定低估了夏辰跟戴明，兇手一定以為戴明是腦袋空空只會靠蠻力打架的流氓，她則是不經世事的小女生，兇手才敢大膽設下失蹤詭計，夏辰猜想，兇手原本提防的人應該是瑋哥。

如果沒有戴明，主導調查的應該會是瑋哥，瑋哥是沉著老練的櫃檯人員，但他不像有能力跟兇手鬥智，兇手一定以為安排建昌失蹤，屍體又突然出現在密室足以把大家嚇得六神無主，理所當然會做出有外來歹徒的推斷，沒有人會詳細調查所有人身上的物品，也不會疑心到彼此身上，阿霞睡前就會安心吃下安眠藥被毒死。

當然，隔天警方來調查之後，很可能疑心到兇手身上，就夏辰推測，兇手應該把氰化鉀放在某個人的包包裡，好嫁禍給那個人。

這樣一來，建昌手上拿的威士忌跟手錶……沒錯，現在可以確定死前訊息的含意了，只是依然無法鎖定兇手，一定還有什麼關鍵。

兇手是否刻意排定靜美、建昌和阿霞的死亡順序？當時靜美已經被毒殺，兇手拿東西給建昌吃，建昌應該會起疑心，就情況看來，毒藥最可能下在建昌的咖啡裡，但是建昌從昨天下午就常喝那瓶咖啡，兇手要怎麼確保下毒之後建昌不會馬上喝下咖啡死在翠峰湖畔？

兇手一定不希望建昌死在翠峰湖畔，當時兇手還不知道颱風會馬上登陸，建昌死在翠峰湖畔，即使當時手機已經收不到訊號，還是可以馬上開車去太平山莊打電話報警，警察會立刻趕來，很可能把所有人帶回去問話，甚至扣留和檢查所有人身上的物品，兇手的殺人計畫就無法實行。

昨晚夏辰也思考過是否是兇手刻意造成停電，想通兇手的行動，可以確定提早停電不在兇手的計畫之中，反而妨礙了兇手的計畫。

太多意外讓兇手不斷改變計畫，如果颱風沒有轉向直接撲向宜蘭，兇手原本打算怎麼進行殺人計畫？兇手原本應該是預設靜美會在餐廳吃完飯就吃下毒藥倒下，造成巨大的恐慌，當周遭陷入混亂，建昌很可能在某個時刻也喝了咖啡接著倒下，引發更大的騷動，警察來了扣押大家的物品，把大家帶去問話，這種情況下警察不可能認定犯人在他們之中，沒有理由扣押所有人的東西，至少阿霞的耳塞不可能被扣押，一群人或許還是住翠峰山屋，如果決定回家更好，回到家，準備睡覺時阿霞吃了安眠藥死了，嫌疑最大的當然是阿誠。

按照原本的計畫，警方幾乎不可能疑心到兇手身上，可惜颱風打亂了兇手的計畫。

發現只有十個人住宿翠峰山屋，兇手設計了新計畫，按照兇手的計畫，靜美在餐廳倒下，大家會非常恐慌，因為害怕，大家會一直待在餐廳聊天，餐廳的洗手間在整修，聊一聊，建昌應該會在某個時候回房上洗手間，兇手應該預設在那之前有機會要求建昌躲起來，建昌回房上洗手間就一直沒下來，大家上去找，發現建昌不在房裡，之後的發展就會跟昨晚一樣，大家搜索整個山屋找不到建昌，最後大林回房時發現建昌的屍體在房間裡。

但是晚餐還沒吃完，餐廳就突然停電，靜美也沒有把維他命帶在身邊，而是放在房裡，回房上洗手間時才順便吃了維他命，以至於靜美在房間倒下死去，這一點其實對兇手造成致命傷。

回到原來的問題，兇手是何時把毒藥放進建昌的咖啡裡？如果兇手在翠峰湖畔就下毒，從翠峰湖畔走到山屋得走大約十分鐘，兇手絕對無法確保建昌不會在路上拿咖啡出來。

也就是說，兇手一定是回到山屋後下毒，這樣一來，只要確定那一行人的行動，她就可以將兇手定罪了。

想通所有的過程，她長嘆一口氣，兇手的思慮非常縝密，面對不斷發生的突發狀況，兇手依然完成殺人計畫，實在可驚可佩。

幸好也因為突發狀況太多，兇手終究有疏漏之處。

即使想通手法，她依然缺少最重要的物證，兇手的犯案手法非常縝密，即使透過推理可以破解兇手的犯案手法，也已經洞悉建昌的死前訊息掌握了兇手，如果沒有關鍵物證，很難讓兇手俯首認罪，她需要物證，可以讓兇手百口莫辯的物證。

終於抵達太平山莊，停好車，夏辰撐著傘迎著大雨和狂風走進櫃檯，櫃檯人員看到她一臉驚訝，她的態度沉著，「我從翠峰山屋下來，必須跟你們借電話打去派出所報案。」

「報案？發生什麼事了嗎？」

「情況緊急，請先把電話給我。」

小姐遲疑了一下，就趕緊拿起話機，她按了110，電話很快接通。

「太平山派出所，請問有什麼事嗎？」

「昨天晚上有三個人在翠峰山屋被毒殺，請你們儘快派人到翠峰山屋。」

「毒殺？什麼意思？」

「有三個人昨天晚上在翠峰山屋被殺害了。」

「有三個人被殺了？」接電話的員警大呼小叫，一會兒之後換了一個語氣冷靜的男人，「妳說昨晚有三個人在翠峰山屋被殺害？妳從哪裡打電話來的？」

「太平山莊，因為颱風的關係手機不通，也沒辦法開車下山報案，趁現在風雨比較小，我才從翠峰山屋開車到太平山莊借電話，聽說派出所離太平山莊很近，還是你們先來太平山莊？」

「沒問題，我們開車過去不到十分鐘，請妳在那裡等我們，我們馬上到。」男人用力掛上電話，不難想像他的驚惶。

「有三個人在翠峰山屋被殺了？妳說的是真的嗎？」櫃檯小姐一臉害怕。

「我也不願意相信這是真的。」她無嘆地深深嘆息。

櫃檯小姐一臉不相信，她無意多說，走到門邊看著外面，依然風雨交加，只是比昨晚的暴風雨好一些。

從翠峰山屋開車到太平山莊大約五十分鐘的車程，她終於釐清了案情。

即使沒有物證，她的推理依然可以將兇手定罪，但是物證才能讓兇手百口莫辯，她相信兇手一定有留下物證，人在做天在看，天網恢恢疏而不漏，神不會站在兇手那邊，不可能有完美的犯罪，兇手已經露出破綻，一定也有在物證上犯錯。

不到十分鐘，夏辰甚至覺得可能才過了五分鐘，就看到警車呼嘯而來，停好車，好幾名警察跳下車撐著大黑傘匆忙跑過來。

警察氣勢萬千推開太平山莊的門大叫，「剛剛報案的民眾是哪一位？」

「是我。」夏辰平靜地走過去。

「我是巡佐曾志華。」曾志華朝她伸手。

她和曾志華握了手，「曾警官您好。」

「死了三個人，真的嗎？」

「嗯，都是被毒殺。」

「兇手呢？」

「應該還在翠峰山屋裡。」

「還在翠峰山屋裡？怎麼說？」曾志華一臉驚嚇。

「案件很複雜，需要一段時間說明。」

「我們邊開車去太平山莊邊說好了。」一個男人在旁插嘴，也朝夏辰伸手，「我是台北萬華分局的偵查組組長李隆。」

「萬華分局？」夏辰有些錯愕。

「我今天正好來太平山調查案件，沒想到居然有人在翠峰山屋被殺害，太平山派出所人力不太足夠，我希望能幫忙。」李隆非常有威嚴，「我們邊開車邊說。」

「好。」夏辰跟在李隆和曾志華身後走出太平山莊，還有三名員警跟在身後。

她不太了解警察的官階，猜想李隆的職位比曾志華高，即使不同分局，李隆還是比較像領導者。

吃力地撐著傘迎風前進，夏辰想到，「有聯絡鑑識人員趕過來嗎？」

「有的。」曾志華點頭，「他們會從宜蘭趕過來，恐怕得花一段時間，今天風雨還是很大。」

「颱風走了嗎？風雨似乎漸漸變小了。」

「妳沒看新聞嗎？颱風登陸宜蘭之後漸漸北偏，速度加快，清晨已經從淡水出海了。」

她鬆了一口氣，「翠峰山屋跟外界的通訊完全中斷，電視也無法收看，我們沒辦法得知颱風的消息。」

曾志華和李隆一起坐上夏辰的車，李隆想聽夏辰講述案情，請曾志華負責開車，夏辰和李隆坐在車後。

回翠峰山屋的路上，她詳細講述從昨晚到今天早上發生的命案，也把山屋裡所有人的身分都詳細交代。

「我的媽啊，嚇死人了！兇手怎麼狠得下心殺害這麼多人？」曾志華似乎打了個寒顫，派駐在與世隔絕的太平山派出所，一定很少遇到大案子。

「一口氣殺了三個人，兇手應該有很特殊的動機。」李隆比曾志華冷靜多了，他十分疑惑，

「人怎麼可能突然消失，又變成屍體突然出現？」

「不是說昨晚很早就停電，人一個接一個死掉，妳一定很害怕吧？」曾志華估計才二十五歲左右，與其說是關心案情，不如說他想趁機把夏辰。

「我不相信密室這種詭計，建昌死掉的房間不可能是真正的密室。」李隆沒理曾志華。

「我也這麼認為。」夏辰也決定當作沒聽到曾志華講的話，她把昨晚跟戴明說過的推測又說了一次，但沒說出剛剛開車前往太平山莊的路上的推理，畢竟還有些事要調查。

「幸好有戴警官在，否則後果難料，他是哪個分局的？」

「台北大安分局。」

「還好他湊巧在場，這案子真是太可怕了！」

李隆追問了不少案件的細節，看得出心思非常縝密，曾志華一直亂入，一下問夏辰是哪裡人，一下問夏辰有沒有男朋友，幸好他終於想到要問夏辰的年齡，夏辰說了自己已經三十六歲，曾志華終於閉嘴了，看來他對姊弟戀沒興趣。

「保養得真好，不知道妳在哪裡工作？」李隆沒對她已經三十六歲表示驚訝，難道在幹練的警官眼裡，她的年齡不是祕密？

「我在大學的數學系教書。」

「妳是數學系教授？」曾志華又吃了一驚。

「副教授，還沒升上教授。」

「原來是數學系副教授，難怪思慮敏捷，一般民眾遇到這種事早就嚇得半死了。」李隆苦笑。

「李組長為了什麼案子冒著暴風雨來太平山？」

「我們不能跟一般民眾討論案子，除非妳有線索。」

「如果不告訴我你來調查什麼案子，怎麼知道我有沒有線索？」

「不愧是教授。」李隆乾笑。

「我只是副教授。」

「妳去過見晴懷古步道嗎？」

夏辰吃了一驚，「沒有，原本預計今天從翠峰山屋退房之後才要帶外婆去走走，你怎麼會提到見晴懷古步道？」

李隆遲疑了一會兒，「有民眾在見晴懷古步道附近的秘境步道撿到人骨，是屍骨的一小部分，我趕來太平山就是希望找到更多屍骨，剛剛正在跟曾警官討論要冒著大雨去找，但是妳那邊死了三個人，我覺得更緊急，才決定先來支援。」

「有人棄屍在太平山秘境步道真的很不可思議。」曾志華插嘴，「我們太平山森林遊樂區只開放到晚上八點，八點之後就禁止出入，要來太平山棄屍一定得在八點前，八點前還有遊客，他不怕棄屍被遊客看到嗎？」

「如果沒在八點前離開太平山會怎麼樣？」

「必須有住宿證明，像你們住宿翠峰山屋，或是住宿太平山莊才能在太平山逗留，不然就會被驅趕。前往翠峰山屋有檢查哨，你們訂房時服務人員應該有提醒你們吧？傍晚五點以前沒通過前往翠峰山屋的檢查哨，那邊就會關起來過不去了。」曾志華的說明非常詳盡。
「即使如此，還是有人棄屍在秘境步道？」夏辰疑心這兩起事件或許有關聯。
「嗯，據我推測有兩個可能，太平山多雨，見晴懷古步道那一帶更是經常雲霧繚繞，如果天候不佳，即使才傍晚也可能空無一人，晚上六點之後多半人煙罕至，歹徒棄屍之後還是來得及開車離開太平山，要不然他也可以住宿在太平山莊，太平山莊離秘境步道很近，他可以半夜溜出房間去棄屍，誰會知道？」
「晚上都有森林警察在巡視喔！」曾志華搖頭，「就是怕有人在太平山露營或亂跑，按照規定太平山不能露營。」
「森林警察的人數有限，不可能一直巡視，如果有心，這裡又經常下雨起霧視線不佳，要躲過巡視應該不困難。」李隆顯然早就想過這個問題，「事實就是有人棄屍在太平山，我一定要找到完整的屍骨。」
「我還是不相信竟然有人把秘境步道當作棄屍地點。」曾志華一臉不悅，「難道你沒想過撿到骨頭的人可能在說謊嗎？他搞不好在別的地方撿到，故意騙你說在秘境步道撿到，好讓你白忙一場。」
「他沒有說謊。」李隆語氣肯定，「他拍了很多照片，有照片為證。」
「這年頭照片也可以作假吧？搞不好是他P出來的。」
「所以我才會不畏風雨趕來太平山，既然他撿到一小部分的屍骨，搜索附近一定可以找到更多屍骨。」

「我記得網路上說秘境步道似乎不長。」夏辰忍不住插嘴。

「是，所以我認為沿著步道仔細搜索一定可以找到更多屍骨。」李隆的表情非常有把握。

「請問，您知道被害者的身分了嗎？」

「嗯。」李隆沉下臉，「如果有需要妳協助的地方，我才能跟妳說明案情。」

夏辰無奈地嘆了一口氣，曾志華已經把車開進翠峰山屋的停車場了。

撐著傘走下車，夏辰情不自禁加快腳步走向山屋，心裡隱約害怕等她回來會發現全部的人都死光了，幸好這件事沒有發生，她看到戴明透過大門往外張望，從落地窗可以看見千慧和大林等人也都坐在交誼廳。

走進翠峰山屋，戴明馬上迎過來，「你好，我是台北大安分局偵查組的小隊長戴明。」

「你好。」李隆朝戴明伸出手，「我是台北萬華分局偵查組組長李隆。」

「萬華分局？你怎麼會在這裡？」戴明一臉驚訝。

曾志華也走過來，「我是太平山派出所的巡佐曾志華，昨晚命案的詳情，我們都聽夏小姐說明過了。」

另外三名警察也走進來相互介紹，彼此寒暄了一番，就站在原地開始討論案情。

大林獨自坐在桌子前，夏辰走過去在他對面坐下來，「我想請教一件事。」

「什麼事？」大林意志消沉，「我是不是犯人想不想自首嗎？」

「不是，我是想問你記不記得昨天下午你們從翠峰湖走回翠峰山屋的路上，建昌有沒有喝咖啡？」

「有啊！他有喝。」

夏辰緊張了起來，「你確定嗎？」

「確定啊！我那時想測試邊走邊拍能不能拍到清晰的照片，還剛好拍到建昌喝咖啡的照片呢！可惜相機被警官扣押了，妳要看可以去找警官拿我的相機。」

「沒關係，你確定就好。」夏辰又問了另一個關鍵問題，「昨天你們洗完澡，大家是一起下樓餐廳吃飯，還是洗完就各自下樓去餐廳？」

「各自下樓啊！先洗完的人就先去餐廳了，怎麼了嗎？」

「你知道是誰最先到餐廳嗎？」

「阿誠、阿霞和建昌，我是第四個到。」

「所以是建昌先洗澡，他沒等你？」

「沒有，我們才不像你們小女生會在那邊等來等去。」

「最後到餐廳的人是誰你記得嗎？」

「是老師，阿霞還問他怎麼洗澡洗那麼久，老師說他洗了頭，用山屋的吹風機用不太習慣，吹頭髮吹了很久。」

「原來是這樣。」

「妳知道兇手是誰了嗎？」大林滿臉疑惑。

「我還在思考。」她故意含糊其辭。

跟大林談完，她走到賴志勳面前坐下，賴志勳看起來也意志消沉。

「有什麼事嗎？」

「昨天你們在翠峰湖拍照時，有沒有發生什麼特殊的事，任何事都可以。」

賴志勳想了想，「我沒想到什麼特別的。」

「你們三個人不是曾經去追一隻鳥，都有拍到照片嗎？」

「嗯，我們都拍到照片了。」

「那時沒有值得注意的狀況？」

賴志勳很認真思考了一段時間才搖頭，「沒有。」

「謝謝你。」

夏辰起身離開，戴明走過來，「妳問他們的問題是有意義的對不對？」

「嗯。」夏辰看到兩名員警跟在瑋哥身後走上二樓，她朝戴明投以疑問的眼神。

「風雨漸漸變小了，我請他們把鎖在八人房裡的物證都先搬進警車，儘快送下山去做鑑識。」戴明沉著臉，「情況很麻煩，兇手一定在這些人中，我不能放他們走，可是也不能一直把他們扣押在這裡，只能期望趕快找到可以把兇手定罪的證據。」

「鑑識人員已經從宜蘭趕過來，等鑑識人員到了，就可以把被害者的遺體運下山解剖。」李隆也走了過來。

「我想麻煩兩位警官一件事，能不能跟我上樓？」

李隆跟戴明對望一眼，點了點頭，一名員警留在一樓的交誼廳監視大家，李隆和戴明跟在夏辰身後爬上樓梯。

終於從孤立無援的狀態中解脫，戴明看著周遭的幾名員警，肩膀的負擔終於輕了一點。

即使如此，身為人民的褓姆，他竟然讓三名被害者死在眼前，即使不是他的錯，他依然滿心內疚，如果他更精明能幹，有沒有機會阻止犯人？至少讓阿霞不至於吃下被下毒的安眠藥……

深深嘆了一口氣，他看到夏辰走到原本建昌和大林的房間，昨晚夏辰跟外婆就是搬進這一間，夏辰拿出鑰匙開了門。

走進房間，夏辰看著他們，「我相信鑰匙應該藏在房間裡，可否請兩位警官再仔細搜索一次？」

「沒問題。」戴明昨晚也搜索過，但當時停電了，又面臨建昌的屍體突然出現在密室，他不免有些慌亂，很可能有所疏漏。

戴上手套，戴明跟李隆分工合作，他們仔細搜查整個房間，包括電水壺跟馬桶的水箱都打開來看過，也伸手進床墊底下摸過，還是沒找到鑰匙。

不可能，戴明相信夏辰的判斷，除了鑰匙就藏在房間裡沒有其他方式破解密室之謎，把心一橫，他看向戴明，「我們把床墊搬起來看看。」

把床上的枕頭、摺好的棉被和床單都拿走，他跟戴明一起用力抬起床墊，喀啦一聲，鑰匙從床墊裡掉了出來，三人都嚇了一跳。

戴明檢視床墊，建昌應該是把鑰匙塞進床墊裡時剛好摸到一個小破洞，他就把鑰匙塞進去破洞，難怪他們剛剛怎麼找都找不到。

拿起鑰匙，他走到門邊插進鑰匙孔，可以轉動，夏辰的推理完全正確，密室終於被破解了。

「接下來呢？」戴明非常急切，「接下來可以做什麼？」

「把鑰匙送去鑑識，雖然兇手在上面留下指紋的機會很小，還是得確定有哪些人的指紋。」

兩名員警還在搬物證，李隆趕緊走下樓，把鑰匙交給員警。

夏辰推論，由於兇手事先無法確定房間的分配，他一定打了二樓四間房間的備份鑰匙，昨晚戴明扣留了所有人的物品也搜了身，兇手一定在那之前就把多打的三把鑰匙藏起來了，那不是關鍵物證，不急著找。眼前的問題是她還沒找到能讓兇手無可抵賴的物證，一定有物證，她必須再一次詳細了解那一行人昨天的行動。

走下樓，她先走去櫃檯，「瑋哥，翠峰山屋的櫃台都是你們負責嗎？」

「不是，我們有好幾組人輪班，我不會固定在這裡。」

「就算旅客一個月來住好幾次，也可能只會有一次遇到你？」

「沒錯。」

得到想要的答案，夏辰在千慧對面坐下來，「昨天有沒有發生什麼特殊的事？任何事都好，妳記得什麼嗎？」

千慧儘管一臉難過，還是很盡責，「昨天在翠峰湖拍照，那時還沒下雨，本來以為颱風不會來宜蘭，我跟靜美說今天回程我們再繞去秘境步道拍拍照，本來以為她會同意，沒想到她卻說她不想去。」

「不想去？」夏辰很疑惑，「不是說你們上回去那裡拍照時大家都很開心？她為什麼不想去？」

「我也不知道，上個月去秘境步道的時候靜美拍了很多照片，我也以為她很喜歡那裡……」

李隆突然快步走過來插嘴，「你們上個月去過秘境古步道？哪一天？」

「哪一天？」千慧拿出手機，「我有記在行事曆裡，我看一下……是八月二十一號。」

李隆急切地問：「八月十九號不是也有個颱風直撲宜蘭嗎？為什麼颱風才過沒兩天，你們就來宜蘭拍照？」

「老師在上課時聊到秘境步道，阿霞說她在網路上看到那邊很漂亮，大家都想去拍照，老師剛好因為颱風取消了幾個工作，也有空檔，我們都很空閒啊，既然老師有空，我們隔天就去拍照了。」

「你們是幾點到秘境步道的？」

「太平山的步道中午過後很容易起霧，我們一早八點就從台北出發，印象中不到十點就到了，在那邊拍完照才去太平山莊吃午餐。」千慧十分疑惑，「怎麼了嗎？」

「沒什麼，我在調查另一個案子，剛好跟秘境步道有關。」李隆用眼神跟夏辰示意，夏辰跟著李隆走到一旁。

「有個奇怪的巧合。」李隆沉著臉，「撿到屍骨的民眾，就是在八月二十一號撿到，據他們說，他們是中午左右到那邊。」

「剛好比阿誠他們晚到。」夏辰心裡一驚，「這麼說，千慧他們也有可能看到人骨？」

「沒錯，可是她剛剛並沒有提起，我不曉得到底有沒有關聯……」

「等一下，你先不要講話。」

夏辰凝神思索，千慧等人去拍照時，秘境步道有屍骨，如果有人看到了……？難道昨晚三起命案的兇手是為了殺人滅口？

「老師，關於翠峰山屋的命案，妳是不是已經對兇手有底了？這起案件跟秘境步道的屍骨有沒有可能有關連？」

「叫我老師就好。」

「夏教授……」

「李組長，你不告訴我你在追查什麼案子，我很難判斷。」

李隆凝視著夏辰。

昨晚睡在警局作了一夜的惡夢，今天一早起來，知道颱風已經從淡水出海，儘管台北依然風雨交加，想到莎拉的冤魂，李隆還是不顧一切冒著風雨開車來太平山。

正在跟太平山派出所的員警說明案情，值班員警接到夏辰打來的報案電話大呼小叫，李隆搶過話筒，以為會聽到非常驚慌的聲音，沒想到話筒那一端的女人非常沉著冷靜。

他一度以為是惡作劇電話，到了太平山莊見到弱不禁風的夏辰，又以為她驚嚇過度才顯得冷靜，前往翠峰山屋的路上，聽夏辰敘述案情，才發現她有過人的判斷力，推理能力更是高人一等。

不畏風雨趕來太平山就是想為莎拉申冤，如果這兩起案件有關連，甚至是同一個兇手，他不能放棄任何可能性。

看著夏辰冷靜的表情，李隆把追查四個失蹤者的過程敘述了一次，一直講到鑑識確認屍骨屬於莎拉，而且經過烹煮。

「烹煮？」夏辰的表情瞬間變得非常蒼白，李隆才發現夏辰也會失去冷靜。

扶著身旁的牆壁，夏辰的腦中一陣暈眩，不可思議的案件，出乎意料的衝擊讓她幾乎失去鎮定，更可怕的是，她知道兇手就坐在不遠處，幸好她跟李隆站立的角落離交誼廳有一小段距離，兇手聽不到他們談話。

如果這兩起案件有關聯，就可以解釋翠峰山屋命案的動機。

「妳有什麼想法嗎？」李隆非常急躁，「我是認為妳可以幫上忙，才會把案件詳細告訴妳。」

「李組長，你手上的案件，是一起分屍案，對吧？」

「嗯。」李隆一直避免去想到分屍這兩個字，想像莎拉和其他失蹤者的屍體被肢解令他非常不舒服。

「一共有四名失蹤者，如果失蹤者都被殺害分屍，兇手很可能把屍體肢解成非常多部分，分棄在各處。」

「我也想過這個可能性，但是為什麼莎拉的骨骸經過烹煮？」

「為了去除附著的肉。」夏辰對於自己一瞬間就能理解兇手的想法感到害怕，卻不得不強迫自己說下去，「現在是炎熱的夏天，即使肢解了屍體，棄屍荒野屍體會發出惡臭，很容易被發現，若將肉都去除，只有骨頭就不容易被發現了。」

「那人肉呢？他把人肉丟到哪裡去了？」

「煮熟之後的肉很容易棄置，他可以切成小塊丟進垃圾桶，人家只會以為是廚餘。」

「人頭呢？總不成人頭也被煮熟了？」

「既然要處理，就得澈底處理。」她努力避免想像人頭在鍋裡烹煮的景象，「他應該全都烹煮了，處理掉容易腐爛的部分，再把人骨包妥當拿去掩埋丟棄。」

「兇手既然做了澈底處理，埋人骨時應該會很謹慎埋得非常深，怎麼會被人撿到？」

「八成是因為颱風，昨晚我們住宿翠峰山屋，我看到很多樹木的枝葉被狂風吹斷，開車到太平山莊的路上，我還看到有些樹被連根拔起，也許狂風和滾動的樹枝把掩埋的土壤刮走了，畢竟挖過的土都比較鬆軟，照你說的，他是用垃圾袋裝人骨，垃圾袋並不堅固，在狂風中被斷裂的樹枝刮過應該會裂開，人骨就會掉出來。儘管兇手行事謹慎，他大概不知道颱風來臨時的山上有多可怕。」

「妳的分析很有道理。」李隆皺著眉頭，「如果一共有四具屍體被分屍，他不可能全部丟在秘境步道吧？」

「嗯，為了謹慎，他應該會棄置在很多地方。」

「台灣這麼大，我要從何找起？」

「我或許可以提供線索。」

「什麼線索？」

「我還需要一些關鍵，等確定再告訴你。」

李隆正想抗議，夏辰就說，「李組長會在這裡協助翠峰山屋的命案不是嗎？等翠峰山屋的命案破了，問題的答案自然會浮現。」

「妳有把握破案嗎？」

「嗯。」夏辰看著落地窗外的風雨，「應該很快就能破案。」

「好，我等妳。」

鑑識人員到了，李隆迎過去跟他們說明，戴明也走過去跟鑑識人員說明案件詳情。

夏辰在阿誠面前坐下來，「我有幾個問題想請教。」

「什麼問題？」

「昨天有沒有發生什麼特殊的事情，任何事情都好，你能想到嗎？尤其是跟阿霞有關的？」

阿誠一臉陰沉，思考了好一段時間，「眼鏡。」

「你沒戴眼鏡啊？」

「我有老花，我們這個年紀的人都有老花，只有看近處才需要戴，昨天在翠峰湖拍照時，我太太發現她忘了帶老花眼鏡，我就把我的老花眼鏡借她，她好調整相機，後來過了一段時間，她拿東西時發現她其實有帶老花眼鏡，只是沒放在收納包裡。」

「收納包？」

「外出過夜帶的背包都比較大啊！我是都亂塞啦，我太太比較細心，會將一些小東西另外放進收納包，像是眼藥水護手霜之類的，老花眼鏡通常也會放進收納包，她這次收的時候把老花眼鏡放在包包的夾層，才會以為自己沒帶到，發現之後她就把我的老花眼鏡還我了。」

「你們拍照時會一直戴著老花眼鏡嗎？」

「當然不會啊，老花眼鏡是看近的時候才要戴，拍照戴著老花眼鏡要怎麼拍？會看不清楚。」

「她的耳塞盒也是放在收納包裡對吧？」

「沒錯。」

「你們的老花眼鏡像嗎？」

「嗯，我們是在同一家眼鏡行配的，看起來差不多。」

「你們不會把老花眼鏡放進眼鏡盒嗎？」

「不會，我們常會用到老花眼鏡，還放進眼鏡盒太麻煩了。」

這該不會就是她要找的物證？會有這麼好的運氣嗎？一定有，運氣應該會站在正義這方。

鑑識人員從樓上把包妥當的屍體搬下來，搬物證的員警也已經把物證都搬上車，她趕緊低聲跟李隆說了她的要求。

李隆走過去跟鑑識人員交代，一名鑑識人員走過來，採集了所有人的指紋。

把遺體都搬上車，鑑識人員離開了，現在只能等結果。

戴明走過來，「現在情況怎麼樣？」

夏辰不假思索就說，「我認為李組長應該把手上的案子跟戴警官說明，這兩起案子很可能有關聯。」

李隆猶豫了一會兒才說，「好吧！」

趁李隆跟戴明說明案情，夏辰走到一旁默默思考，她還有沒有遺漏什麼？不能只把希望寄託在物證，繼續動腦，搞不好還有更明顯，讓兇手更難以抵賴的物證。

或是應該思考，萬一運氣沒站在她這邊，她能怎麼做？

如果兇手也是分屍案的兇手，她感到強烈的寒意，令她作嘔的惡意籠罩全身，腦中浮現分屍和烹煮屍體的景象讓她差點吐出來，怎麼能夠？兇手怎能殘酷地下手殺人還肢解屍體？

昨晚，兇手面不改色殺了三個人，就在她眼前發生，原本跟大家談笑的人一個接一個斷氣，都是兇手有意的安排。

「為什麼妳覺得這兩起案件很可能有關聯？」戴明走過來，滿臉疑惑。

「因為攝影班的人去秘境步道的時候，人骨還在那裡，理論上應該有人看到。」

李隆也走過來，「我在太平山派出所的時候有問員警，八月十九號颱風直撲宜蘭，八月二十號因為還在清理沒有開園，太平山森林遊樂區八月二十一號才開園，颱風剛過，那天又不是假日，遊客應該很少，攝影班的人很可能是颱風之後第一批造訪秘境步道的遊客，但他們年紀都大了，不一定會注意到人骨吧？」

「我只是覺得有這個可能，這樣才能解釋昨晚發生的命案兇手的動機。」

「什麼動機？殺人滅口？」李隆馬上明白夏辰的意思。

「嗯，翠峰山屋的被害者看到人骨，兇手怕他們說出去。」

「妳認為兩起命案是同一個兇手，那兇手不就殺了七個人？其中四個還被分屍？」戴明凝視著坐在交誼廳發呆的四個人。

「是。」

戴明看著她一會兒，突然喃喃地說，「我好想回家喔！」

「什麼？」

「我女兒才六個月大，手機不通都不能打回家報平安，死了這麼多人，還來什麼分屍案，我快受不了了！兇手會害我今晚也回不了家！我老婆會殺了我！」戴明非常煩躁。

那種殺法應該很甜蜜，夏辰嘆了一口氣。

「那我只好逮捕你老婆囉？」李隆居然還有心情說笑，或許是山屋裡緊繃的氣氛讓人快發狂吧！

現在只能期望以最急件處理的鑑識結果可以儘快出爐，否則無法進行下一步，夏辰也非常煩躁。

「有訊號了！」大林忽然大叫，「我的手機有訊號了！」

「真的嗎？」戴明馬上拿出手機，「對耶！太好了！」

所有人都拿起手機打電話，夏辰趕緊走到外婆身邊，「外婆，我們也打個電話回家吧！」

「嗯。」外婆的心情低落，來這裡住宿居然遇到三起命案，打擊肯定很大，夏辰趕緊安慰幾句。

外婆打電話回家，是夏辰的母親接的，外婆跟母親聊了起來。

夏辰環顧交誼廳，戴明正對著電話急切地講些什麼，顯然在跟愛妻通話，千慧邊講電話邊哭，恐怕是打給靜美的女兒了，阿誠神情凝重地講著電話，大林也對著電話講述昨晚發生的事，賴志勳也在講電話，神情也非常凝重。

李隆拿著手機走過來，示意夏辰跟他走到一旁，走到角落，夏辰非常緊張，「怎麼樣？」

「已經證實建昌的咖啡裡加了氫化鉀，靜美的維他命和阿霞的安眠藥也都被塗上氰化鉀，但是最關鍵的部分……」李隆搖頭，「沒有得到妳要的結果。」

夏辰的心情一沉，為什麼運氣不是站在正義的一方？這樣的話，就只能用下策了。

「李組長，我有個想法，需要你的配合。」她看了戴明一眼。

戴明還在講手機，「老婆，妳要相信我，真的有命案，我幹嘛編故事？晚一點新聞就會有了，真的啦！」

她暗自搖了搖頭，長得像流氓的警官居然用撒嬌的語氣跟愛妻講話，真是不像話。

決定不讓戴明加入，她低聲跟李隆說了計畫，李隆沒多做考慮就點頭了。

推理秀該登場了，但願一切順利。

觀湖平台

5

大林、阿誠、千慧和賴志勳都坐在交誼廳裡，各自占據一張桌子，站在大家面前，夏辰像講課般語氣平靜，「我已經知道兇手是誰，現在，我來說明兇手的犯案手法。」

「妳知道兇手是誰了？」阿誠激動地跳起來，「告訴我！我要馬上殺了他！」

「我不會讓你殺人。」李隆按了按腰間的槍袋，「請大家保持安靜，聽老師的說明，我們一定會用法律讓兇手得到應有的制裁，大家放心。」

沒人講話，夏辰就說，「正如之前的推測，鑑識人員已經證實靜美的維他命被兇手塗上氰化鉀，阿霞的安眠藥也是被兇手塗上氰化鉀，建昌的咖啡被放進氰化鉀，那就是他們致死的原因。靜美的死比較沒有疑點，我們從建昌的部分講起。」

「建昌失蹤的時候到底躲在哪裡，妳已經知道了嗎？」大林態度急切。

「是的。」

「他躲在哪裡？」

「我先來說明他是怎麼躲藏的。如果把二樓的房間用一、二、三、四編號，你們入住時，最邊間的一號房是大林和建昌的房間，二號房是阿誠和阿霞的房間，三號房是賴志勳的房間，四號房是千慧和靜美的房間，這樣編號，大家可以理解吧？」

所有人都點點頭。

「發現建昌失蹤，我們上樓之後，首先搜索一號房，那時建昌可能躲在三號房或四號房，等我們去搜索二號房，建昌就從三號房或四號房走回一號房。」

「鑰匙明明就在我這裡，他要怎麼進房間？」大林馬上表達疑問。

「他有另外一把鑰匙，剛剛兩位警官已經在房間的床墊裡找到了。」夏辰看了兇手一眼，兇手的表情沒有絲毫動搖。

「建昌偷偷移動，難道不怕被我們看到嗎？」千慧也馬上想到問題。

「那時已經停電，走廊一片黑暗，再加上靜美被毒死，建昌又突然失蹤，大家都很害怕，沒有人會待在黑暗的走廊，所有人都待在房間裡，沒人能看到建昌走過黑暗的走廊，更何況那時風雨非常大，腳步聲或開門聲都被風雨聲蓋過去了。建昌從三號房或四號房躲回一號房，我們已經找過一號房，不會再回頭去找，當然找遍山屋其他地方也都找不到他，他就是用這個手法躲起來。」

「如果他是躲在三號房或四號房，要怎麼取得鑰匙？」

「是兇手交給他的。」夏辰語氣十分堅定，「兇手拿給他的一定是自己房間的鑰匙，不然建昌會覺得很奇怪，換句話說，凶手不是住三號房的賴志勳，就是四號房的千慧。」

她直視千慧和賴志勳，千慧馬上反駁，「為什麼不是大林或阿誠？姑且不管鑰匙是哪來的，大家都有可能拿鑰匙給建昌吧？」

「我剛說過，兇手拿給建昌的，必須是自己房間的鑰匙，當時靜美已經被毒死，大家都有警戒心……」

「妳怎麼知道兇手是在靜美被毒死之後才把鑰匙交給建昌？」賴志勳也反駁，「我們昨天一早就一起從台北出發，兇手有很多機會把鑰匙交給建昌。」

「兇手不可能在白天就把鑰匙拿給建昌，並且交代他在靜美死後立刻躲起來吧？」

「建昌有可能是兇手的共犯啊！」

「這起案件不可能有共犯，理由我待會再說明，可以嗎？」她環視大家，沒有人反對，夏辰就說，「靜美已經被毒死，建昌不是共犯，如果兇手拿給建昌的不是自己房間的鑰匙，建昌一定會起疑，這點大家都同意嗎？」

所有人都點頭，夏辰就接著說，「所以，首先可以排除大林，我們去搜索時建昌不在一號房，表示不是大林拿鑰匙給他。而我們搜索完一號房就去二號房搜索，如果是阿誠拿鑰匙給他，建昌只能躲在二號房，會馬上被找到，可見拿鑰匙給他的也不是阿誠，就只剩賴志勳和千慧了。」

「妳的意思是說，殺了靜美、建昌和阿霞的兇手，不是我就是賴老師？」千慧的臉色變得有些蒼白。

「是的，事實上，建昌留下的死前訊息也說明了這一點。」

「等等。」賴志勳又說，「拿鑰匙給建昌的，也可能是妳或瑋哥，甚至是戴警官吧？」

「我、瑋哥和警官的房間都在一樓，如果建昌躲在一樓的房間，昨晚風雨聲非常大，他躲在一樓無法得知我們在二樓搜索的情況，不可能算好時機在大家搜索其他房間時躲回一號房，很可能剛好撞見我們從某個房間走出來，能掌握時機，表示他躲在二樓。」

「我想聽妳說建昌的死前訊息，妳已經破解了？」千慧非常急切。

「嗯。一開始我把他的死前訊息想得很複雜，以為可能是英文縮寫W.W.，也許是暗示人名，或是暗示破案的關鍵物品，卻怎麼都想不透，後來才想到，他的死前訊息可以轉換成數字。」

「數字？威士忌是酒，就是九，手錶是他兒子在父親節送的禮物，父親節又稱八八節，九八八？八八九？那是什麼意思？」千慧雖然馬上解讀出數字，卻依然一臉迷惘。

「既然嫌犯縮小到只剩賴志勳跟千慧，我認為正確的解答應該是，威士忌是九，手錶是八，再加上他留下這兩樣物品，是二……」

「九二八！教師節？他的死前訊息是指兇手是老師？」千慧一臉震驚。

「嗯，賴志勳是你們的老師，千慧退休前也是老師，他的死前訊息不夠明確，可能毒性發作之後時間太倉促，他只能做到這樣，我認為已經很了不起了。」

「妳已經確定兇手是誰了嗎？」千慧的表情完全變了。

「還有兩個關鍵，兇手就會浮現檯面。」

「哪兩個關鍵？」

「一個是兇手在咖啡下毒的時機。兇手是回到山屋之後才在建昌的咖啡下毒，這點經過大林的證實，他說回山屋的路上建昌有喝咖啡，他還碰巧拍下了照片為證，可以確定當時咖啡還沒被下毒。回到山屋之後，兇手有什麼機會在建昌的咖啡裡下毒？建昌沒把咖啡帶去餐廳，不可能是到餐廳之後，一定是利用吃晚餐前大家洗澡的時候，根據我的了解，昨天洗完澡，最先到餐廳的是阿誠、阿霞和建昌，再來是大林，接著呢？」

「是我跟靜美。」千慧接口說，「我們走進餐廳時，阿誠、阿霞、大林跟建昌都已經到了。」

「兇手有一號房的鑰匙，確定建昌跟大林都離開房間，他就可以進房間在咖啡裡下毒，這樣一來，還是有兩個可能，一是靜美洗澡時，建昌可能已經洗完澡下樓，當時大林還在洗澡，千慧可以偷偷進一號房下毒，雖然比較冒險，卻無法排除這個可能性，另一個可能是賴志勳利用大家都下樓之後，去建昌的房間下毒，當然，後者的機率比較高，大家都下樓了，賴志勳比較不怕被撞見，不然要是千慧去一號房下毒時，大林剛好洗完澡走出浴室，或是她離開一號房時剛好賴志勳或靜美走出房間，都很可能被撞見。」

「這只是可能而已。」賴志勳依然心平氣和，「妳的推理包含太多假設。」

「抵達餐廳的時間，不是關鍵證據，關鍵在於大家的衣著和隨身物品。」

「衣著？」千慧低頭看著衣服，「我們的衣著怎麼了嗎？」

「這裡就得談鑰匙的問題，兇手事先構思了殺人計畫，為了以備不時之需，他利用之前住宿翠峰山屋的機會，打了每個房間的鑰匙。」

「我們之中大部分的人不是沒來住過，就是很久以前來的，老師也是今年都沒來過，我們去年底才開始跟老師學攝影，他怎麼可能從那麼久之前就計畫殺了我們？」大林一臉疑惑。

「你們之中應該有人在說謊，其中一個人應該來住過翠峰山屋好幾次，為了犯案，打了所有雙人房的鑰匙。」

「如果他來住過好幾次，瑋哥他們不是應該認得嗎？」
「我問過瑋哥，他們有好幾組人輪流排班，不見得每次來都是瑋哥他們當班，更何況兇手如果有企圖，入住時外型應該作了偽裝，登記住房時一定也是用假證件。」
「所以，鑰匙要怎麼指出兇手？」賴志勳表情平靜，似乎不在意被列入最大嫌疑，千慧的表情則是非常凝重。
「昨晚大家吃過晚餐就一直待在餐廳，直到靜美突然被毒殺身亡，之後建昌就失蹤了，兇手顯然是利用靜美身亡之後，大家圍在她旁邊，警官在努力搜查時偷偷拿鑰匙給建昌，要他先去兇手的房間躲起來……」
「為什麼建昌不會覺得奇怪？」阿誠插嘴，「不但要他躲起來，還要他利用大家不注意時移動，建昌應該會覺得很奇怪啊！」
「我猜，兇手的理由應該是他有事要跟建昌私下討論，不想被別人看到或知道，甚至有可能說跟靜美的死有關，要他先待在兇手的房間，等大家搜索時再回自己的房間，兇手八成是說等大家不注意，他就可以去找建昌私下討論。」
「藏鑰匙呢？他用什麼藉口要建昌把鑰匙藏起來？」千慧也插嘴問。
「推測他是說怕人家看到會起疑心，要他進房間就先藏好鑰匙，藏鑰匙的地點應該也是兇手指定的。」
「妳還沒說鑰匙怎麼鎖定兇手？」賴志勳十分關心。
「為了把鑰匙交給建昌，兇手洗完澡離開房間時，就必須把鑰匙帶在身上，雖然大家曾經因為停電回房拿手電筒，可是停電是突發狀況，不在兇手的計畫中。昨天兇手回房拿了手電筒，就把房間的鑰匙交給建昌要他躲起來。後來建昌失蹤，大家在找建昌時，兇手當然拿出鑰匙開了房間的門，表示他帶了兩副房間的鑰匙在身上，一副交給建昌，一副自己帶著，不然要是被發現他沒有自己房間的鑰匙，大家一定會起疑。」

「如果兇手拿了他的房間鑰匙給建昌，鑰匙去哪裡了？建昌應該沒有機會交還給兇手吧？難道建昌也把那副鑰匙藏起來了？」千慧滿臉疑惑。

「沒有，如果兇手要求建昌把他的房間鑰匙也藏起來，建昌再怎麼信任兇手都會起疑，我推測兇手要求建昌離開他的房間時把鑰匙放房間裡，不用鎖門。也就是說，尋找建昌時兇手雖然也拿出鑰匙開門，房間的門其實沒鎖，他只是假裝在開鎖，我猜他有跟建昌指定鑰匙放在靠近門的某處，一進門兇手就馬上藏起那副鑰匙，當時大家急著找建昌，不會注意到鑰匙或兇手的舉動。」

「妳還是沒說鑰匙為什麼可以鎖定兇手。」賴志勳依然態度溫和。

「下樓去餐廳吃飯時，兇手不確定接下來會有什麼狀況，必須把二樓四間雙人房的鑰匙都帶在身上，我們已經把嫌疑縮小在千慧和賴志勳身上，昨天晚上吃飯時，千慧穿的是套頭毛衣和裙子，身上沒有口袋可以放鑰匙，賴志勳則是帶了小背包，可以把鑰匙放在裡面。」

所有人都露出吃驚的表情，夏辰的語氣平靜，「賴志勳，兇手就是你。」

阿誠激動地跳起來，「真的嗎？老師，你殺了我太太？為什麼要殺她？你說！」

「我認為這個推理並不正確。」賴志勳十分冷靜，「妳忽略了一個可能性，如果建昌跟千慧是共犯呢？妳並沒有解釋這個案件為什麼不可能有共犯。」

「因為昨天有三個變數不在兇手的預料之中。」夏辰故意頓了一下。

賴志勳果然馬上問，「哪三個？」

情況完全夏辰符合預期，她早就知道賴志勳不可能馬上承認他就是毒殺三個人的兇手，一定會狡辯到底。

她默默凝視著賴志勳，從完成推理，確定賴志勳就是兇手，她一直不敢相信，溫文儒雅才華洋溢，談吐非常有內涵又富有藝術家氣質的賴志勳竟然會狠心殺害三個人，為什麼？莫非他真的殺害了那四名失蹤者，分屍烹煮後棄屍？

詭異又令人毛骨悚然的案子，兇手很可能正坐在她面前，即使身旁有個兩個警官，李隆身上也有配槍，她依然心驚膽跳。

是她完成了推理，她有責任讓賴志勳俯首認罪，凝視著賴志勳，她緩緩說出分析，「第一，颱風突然轉向加快速度直撲宜蘭，山屋裡大半旅客都下山了，留宿的旅客除了你們一行人，就只有我、外婆和警官。第二，靜美沒有把維他命帶到餐廳，吃過晚餐，她沒有馬上吃維他命，第三，餐廳在七點半時突然停電，比原本的停電時間提早了兩個半小時。」

「這三個變數，跟建昌是不是有共犯有什麼關係？」

「如果沒有這三個變數，兇手的犯案計畫應該會截然不同。大家都知道靜美晚餐後會吃維他命，兇手應該預期靜美吃晚餐時會把維他命帶去餐廳，也就是說，回到山屋後兇手就沒有機會在維他命下毒了，兇手只能趁回到山屋前在靜美的維他命裡下毒，當兇手回到山屋，殺人計畫已經啟動無法回頭，面對變數，他得馬上因應變更，如果建昌是共犯，兇手有機會跟他私下討論該怎麼變更計畫嗎？」

「兇手既然有機會請他躲起來，當然也有機會跟他討論。」

夏辰搖頭，「兇手對建昌提出要求只要一會兒，但是如果打從一開始建昌跟兇手就是共犯，颱風來襲山屋變孤島，旅客人數驟減加上停電時間提早，要因應的變數太多，即使兇手想好該怎麼做，建昌難道不會跟兇手意見相左？背負著殺人罪，任何人都不會馬上乖乖聽話，一定需要時間討論，更何況，如果建昌是共犯，知道兇手不但有殺人計畫，手上也有毒藥，他不是年輕人了，對兇手一定有警戒心，更不可能對兇手唯命是從。所以，建昌不可能是兇手的共犯。」

「妳剛剛說的內容，不覺得推測的部分太多嗎？根本沒有證據，妳有證據能證明我就是兇手嗎？」

「當然。」她故意直視著賴志動，「我有你就是兇手的鐵證。」

賴志動絲毫沒有動搖，依然心平氣和，「什麼鐵證？」

「昨天你們一行人一直一起行動，你不能戴著手套免得大家起疑，在翠峰湖拍照時，你要趁大家不注意時從靜美和阿霞的包包翻出維他命或安眠藥，時間非常緊迫，戴手套只會妨礙行動，增加被大家發現你在翻包包的風險，但是你當然知道在他們的私人物品留下指紋的嚴重性，翻過包包，你一定會擦拭碰過的物品，即使當下沒有時間擦拭，之後也會找機會擦拭，因為這樣，你留下了證據。」

「什麼證據？」

「你知道昨天阿霞一開始以為自己忘了帶老花眼鏡出門嗎？」

「我不清楚，這跟事件有什麼關係？」

「阿霞一開始以為自己忘了帶老花眼鏡出門，跟阿誠拿了他的老花眼鏡，後來才發現自己其實有帶老花眼鏡，只是在包包的另一個夾層，就把阿誠的老花眼鏡還他了，你知道這意味著什麼嗎？」

「我不知道。」賴志勳的眼神終於閃過一絲動搖。

「阿霞把安眠藥和老花眼鏡都放在收納包裡，你一開始下毒的時候，應該有碰到老花眼鏡，下完毒你不可能有時間好整以暇擦拭指紋，肯定又另外找機會擦拭老花眼鏡和其他碰到的物品，可是你下毒時碰到的眼鏡，跟你後來擦拭的眼鏡根本不是同一副。」夏辰瞪著賴志勳，「剛剛鑑識人員已經回報鑑識結果，阿霞的老花眼鏡上面沒有任何指紋，阿誠的老花眼鏡卻驗出你的指紋，你可以解釋為什麼嗎？你還沒到需要戴老花眼鏡的年紀，不可能跟阿誠借老花眼鏡，不是嗎？」

阿誠跳起來說，「真的是你！你殺了我太太？為什麼？你說！」

「我沒有……」

「沒有的話，我的老花眼鏡怎麼會有你的指紋？你說！」

「其實，建昌的死前訊息，指的應該是老師，不是我。」千慧用凌厲的眼神瞪著賴志勳，「你為什麼毒殺靜美？請你給我一個解釋。」

「為什麼死前訊息指的是我？妳退休前也是老師啊！」賴志勳急躁地反駁，語氣終於不再心平氣和。

「因為前兩天我們才在討論月底就是九二八教師節了，要送你什麼禮物，大家討論好要送保溫杯，建昌負責去買，我們把錢都給他了。所以，突然發現自己被下毒，他留下九二八的訊息，就是在告訴所有人，兇手就是你……你為什麼……」千慧的嘴唇在顫抖，情緒明顯非常激動。

賴志勳的表情終於失去鎮定，甚至說不出反駁的話，夏辰不禁非常佩服千慧，解讀出建昌留下的訊息是九二八時，千慧應該就非常確定賴志勳一定是兇手，卻還是隱忍著等夏辰說完全部的推理，隱忍著聽賴志勳說那些狡辯的話。

李隆走過來，語氣平靜，「罪證確鑿，無論你是否認罪，我都要以現行犯逮捕你，你可以不認罪，但是我可以告訴你，這會影響法官最後對你的判決，現在不認罪，表示你毫無悔意，刑期至少會加個五年。」

阿誠跳起來用力推開李隆，毫不考慮就一拳狠打向賴志勳的臉，「你為什麼要殺了我太太？你說！為什麼？」

賴志勳被阿誠狠揍一拳從椅子跌落在地，阿誠還要撲過去，戴明衝過來架住阿誠，「不能動手打人！你冷靜點！」

李隆把賴志勳從地上扶起來，夏辰看得出李隆剛是有意不阻止阿誠打賴志勳，不然以警官的身手，哪有可能被阿誠推開？

千慧強忍著淚水，「我也想知道你為什麼要殺害靜美，她是那麼好的一個人，我不明白，我們到底哪裡得罪你了？那天討論教師節禮物，靜美還說到時大家應該一起請你吃飯，我們還訂了一家很貴的餐廳，而你……」

「我就是討厭你們這樣！」賴志勳歇斯底里地大叫，「你們都太有錢了！」

「你說什麼？」千慧十分疑惑，「有錢？我們哪有很有錢？」

賴志勳終於被迫脫掉溫文的假面具，夏辰有些心驚，戴明跟李隆互使眼色，怕賴志勳突然傷人，戴明用力架住賴志勳，李隆馬上把他銬上手銬。

「一開始上課，你們問我應該買些什麼設備，我說通常剛開始學攝影，得考慮預算，先買微單眼，結果那時是誰……大林吧？馬上就說越好的相機拍出來的照片越漂亮，先買微單眼再買單眼不是更浪費錢，直接買單眼就好了，阿誠馬上附議，你們要我推薦相機，還強調越貴越好，我推薦昂貴的相機跟鏡頭，你們都毫不猶豫就馬上買了，你們過著優渥的生活，不必工作不必煩惱財務問題，你們用著我買不起的相機……」

「你的相機不是比我們高檔？」

「那是我分期買的！現在還在付分期付款！」

「你不是有出攝影集還有開班授課，收入應該很高吧？」

「攝影集根本賣不了幾本！上課更賺不了錢！在台灣藝術家根本一文不值！想靠出攝影集賺錢是天方夜譚！我只能靠教你們這些已經老花根本看不清楚照片的老人拍照！什麼藝術理想都是屁！只有像你們這樣當庸俗的上班族，在銀行上班或是庸庸碌碌在國中教書才能過優渥的生活！」

「那你為什麼選擇殺了靜美、建昌和阿霞？還是你原本計畫殺光我們所有人？」

「那都不重要了！把我押走吧！」

「你給我站住！你給我解釋清楚為什麼要殺了我太太？」阿誠大聲怒吼，又朝賴志勳衝過來，戴明用力架住阿誠，阿誠拚了命掙扎怒吼，「放開我！我要殺了他！」

一個員警跑過來協助架住阿誠，戴明擋住阿誠，「我知道你的心情，可是把他打死也改變不了什麼，為了他犯罪不值得，你冷靜點，我們一定會讓他接受法律的制裁。」

怕這群人暴走，戴明趕緊對李隆使眼色，李隆招手要員警趕緊把賴志勳帶上警車押送去警局。員警拉著賴志勳往大門走，賴志勳忽然瞪著夏辰大叫，「夏辰！我問妳，阿誠的老花眼鏡真的檢查出我的指紋嗎？」

李隆朝夏辰搖搖頭，夏辰輕嘆一口氣，「沒有，要不是你擦掉了，就是你只留下殘缺無法辨識的指紋。」

「我就知道！」賴志勳怒吼，「妳根本沒有證據，我被妳騙了！」

「吃晚餐時是你最後一個到餐廳，最有機會在建昌的咖啡裡下毒，也只有你能攜帶鑰匙在身上，你不但露出這兩個大破綻，建昌的死前訊息更是鐵證，你作夢都想不到建昌有那麼聰明吧？」

「這可以說是運氣。」千慧深深嘆氣，「我們才剛討論要在教師節送禮物，我以前是老師，特別在意教師節，那天我一直說九二八時要怎樣怎樣，建昌一定對這個數字印象深刻。」

「還有，建昌就在我的包包旁邊倒下，我剛好買了一瓶威士忌放在包包外側，他伸手就能拿到，如果我沒買酒，或是包包離他很遠，就算他有那個心，也來不及留下死前訊息！」大林看著賴志勳一臉憤怒，「你做了那麼多布置還是難逃法網，根本就是罪有應得！」

「正義站在我們這邊，是靜美讓他認罪，她死不瞑目……」千慧哭了出來。

賴志勳沒再說話，員警拉著賴志勳走出山屋，隔著大門看到賴志勳被員警架上車，警車開走了，夏辰的心裡五味雜陳。

外婆走過來安慰千慧，李隆暗示夏辰走到一旁。

「老師，很謝謝妳的協助，沒有妳的推理根本不可能破案，之後很可能還得再麻煩妳。」

「我明白，我也很希望真相能水落石出，讓死者瞑目。」夏辰嘆了一口氣，「李組長，這個案子已經告一段落，你手上的案子卻還沒有頭緒。」

「我想趁天還沒黑趕緊搜山，剛剛已經請求支援了，我要馬上去秘境步道搜索，妳要一起來嗎？」

夏辰還沒回答，戴明就走過來，「我們所有人都得去警局作筆錄。」

「我想跟李組長一起去秘境步道瞧瞧，可以稍晚再跟李組長一起去警局做筆錄吧？」

「我也覺得這樣比較好，我的案子很可能需要老師的協助，如果有問題，再請宜蘭警局的警官打給我。」李隆的態度非常有威嚴。

「好吧，畢竟這裡的案子也是靠老師才能破案，你的案子她應該也能幫上忙。」戴明同意了。

夏辰走過去跟外婆說明要去協助辦案，外婆關心地問她吃午餐了沒，她才想起自己跟李隆都還沒吃午餐，從昨晚到今天親眼見到這麼多殺戮，餓一餐也無所謂，她知道李隆一心只想尋找莎拉的屍骨，根本不把午餐放心上。

千慧、阿誠、大林、外婆、瑋哥和阿俊都一起去警局作筆錄了，員警在翠峰山屋外拉起封鎖線，鑑識人員會再過來作澈底的蒐證，好讓賴志勳在法庭上無法抵賴罪刑，夏辰請李隆交代鑑識人員，務必找出賴志勳藏起來的三把鑰匙。

「老師，現在妳是否依然認為兩起案子有關聯？」李隆直接搭夏辰的車前往秘境步道。

「機會不小，只是沒有任何證據，也可能是我多想。」夏辰握著方向盤，雨勢終於漸漸停歇，下山的路比早上好開多了。

「賴志勳已經被逮捕，等搜索票下來，我會去搜索他住的地方，如果他也是分屍案的兇手，一定會留下線索。」

「不一定，他的心思細密程度遠超過常人，昨晚的案子他之所以留下破綻，有一半的原因是運氣不好，多虧千慧的心思也非常細密，再加上建昌留下死前訊息，才能突破心防，否則他很可能逃過法網。」

「他說的殺人理由是真的嗎？就因為那幾個老人生活優渥？還是他不想說出真正的理由？」

「如果他真的是分屍案的兇手，殺人滅口當然是主因，他今天說的理由卻也不見得是謊言。」

「怎麼說？」

「他是攝影師，收入有限，攝影配備非常昂貴，他的生活一定很困苦，周遭卻圍繞著一群生活優渥的老人，每個人都在台北有房子，還面不改色買下二十幾萬的攝影設備，賴志勳卻很可能連好一點的房子都租不起，他一定非常嫉妒那些人，更別說他還得花時間教這些人拍照，一定更痛苦。」

「痛苦？怎麼說？」

「我在大學教書偶爾也會有類似的想法，不明白自己為什麼要浪費時間心力教一堆蠢材微積分……」夏辰吐了舌頭說，「抱歉，不小心說出真心話。」

「妳的意思是說，他認為那群人是朽木，教他們攝影沒有意義？」

「當然，那些人只是退休之後閒著沒事才學攝影，難道他們之中剛好有被埋沒許久的攝影天才？不可能吧！頂多就是拍照上傳臉書讓親友按讚覺得很開心，賴志勳一定覺得教他們拍照是在磨損自己的靈魂。」

「這樣就要殺人嗎？」

「我不否認我也常想殺了學生……不，我的意思是說，偶爾也會覺得生活沒有靈魂，看到學生就覺得厭世。幸好我是數學家，這種念頭只是偶爾想想，他是多感的藝術家，很可能深受刺激，再加上被那幾個被害者看到秘境步道的人骨，才會動了殺機。」

「如果是這樣，他又為什麼殺害那四個失蹤者？」

「可能性很多。」她嘆了一口氣，「發洩恨意，或是以殺人為樂，都有可能，我們只能抽絲剝繭慢慢尋找答案。」

「妳能判斷他是不是另一起案件的兇手嗎？」

「不能，資訊太少了。」

聊天中，她已經開到秘境步道的入口，在停車場停好車，她看到一旁停了三台警車。

一群警察過來跟李隆打招呼，戴明也到了，會合之後，大家就一起走進見秘境步道。

颱風才剛走，步道上全是被颱風打下來的樹枝和落葉，員警爬下斜坡四處挖掘尋找人骨，夏晴則是打量著步道。

好美的步道，難怪會在網路上被人大力推薦，如果不是剛被颱風摧殘，一定更美。很相信竟然有人在這麼美的步道棄屍，就像她也很難相信，賴志勳真的是殺了三個人的兇手。

雖然早已推理完成，心底深處，她其實期盼自己錯了，期盼賴志勳可以推翻她的推理指出她的謊言證明自己的清白……她畏懼面對溫文又有才華的攝影師其實是殘忍的殺人兇手，可惜事與願違，賴志勳終究露出猙獰的面貌。

在步道散步發呆回想昨晚的案子，夏辰沒注意時間的流逝，直到忽然有人大叫，她才發現天色已經漸暗。

「找到了！我找到了！」一名員警在斜坡下大叫，好幾個員警朝他跑過去，夏辰打量斜坡，她的運動神經很差，貿然爬下去很可能滑倒出糗，只好在原地等待。

一段時間後，戴著手套的員警拿著一個包裝緊密的黑色垃圾爬上斜坡，所有人都圍了上去。

夏辰也站在一旁觀察，黑色垃圾袋沒有想像中大，大約是枕頭的大小，用透明塑膠袋密封。

李隆戴著手套蹲下來捏著垃圾袋說，「裡面應該是人骨沒錯，整袋送去鑑識。」

「李組長，馬上就要天黑，今天的搜索到此為止，我已經請員警拉起封鎖線，將步道整個封鎖，明天一早就會請鑑識人員採集物證，也會請員警繼續搜索，看是否還有其他的人骨被埋藏在這兒。」高大的男人剛剛有自我介紹，是三星分局警備隊的小隊長趙修文。李隆看起來不太滿意，但是這裡顯然不由他作主，他無奈地點頭。

「放心，我們一定會翻遍這裡，看能否找到兇手留下的蛛絲馬跡，如果還有屍骨，絕對會找出來！」趙修文拍了拍李隆的肩膀。

「麻煩你了，我等你的消息。」李隆輕嘆一口氣。

夏辰知道他一定恨不得在步道找上一整夜，直到找到所有受害者的屍骨，她可以理解李隆從追查這起失蹤案開始，就被冤魂纏上了，無論如何都想幫受害者伸張正義。

走出步道，李隆的臉色非常凝重，「明明有四名失蹤者，才找到一小袋屍骨，其他屍骨到哪裡去了？妳之前不是說有找到屍骨的線索？」

夏辰輕嘆一口氣，「如果賴志勳是兇手，有句老話，『兇手一定會回到現場』，賴志勳不就回到步道了？颱風剛過他就馬上趕來，很可能是怕颱風導致屍骨露出地面被發現，昨天他們聊天時有聊到臉書，賴志勳是攝影師，經常拍照上傳臉書，可以去看他的臉書，查這段日子他去過哪裡，只要適合埋屍骨的地方都可以去找找看。」

李隆大為振奮，「好，我晚上就來確認。」

「萬一他的臉書設定必須好友才能看，可以跟千慧或大林聯絡，他們都有加賴志勳的臉書。」

「我明白了，有更進一步的消息，我會馬上跟妳聯絡，希望能在妳的協助下儘快破案。」

戴明也走了過來，「我也希望能協助，只要有我能幫上忙的地方，務必跟我聯絡。」

「當然。」

「老師，這回多虧有妳在。」戴明的表情非常沉重，「昨晚我明明在場，卻只能眼睜睜看著那幾個被害者一個又一個被毒殺，我的腦袋就像糨糊什麼都搞不懂，甚至沒阻止阿霞吃下被下毒的安眠藥。」

「不必自責，那不是你的錯，我也在場，我也沒能阻止阿霞被毒殺。」夏辰也非常難過。

「你們都盡力了，鑑識結果還沒出來，搞不好賴志勳原本想殺光那幾個人呢！」

「他不會，殺光所有人，他就沒辦法把罪行推給別人。但是，他原本是不是只打算留下一個人，得等鑑識結果出來才能確定。」

李隆拍了拍戴明的肩膀，「好了，你趕快帶老師去做筆錄，看做完筆錄能不能早點回家陪太太吃晚餐。」

「已經五點多了我們還在太平山，這個案子又很複雜，我回到家應該已經半夜了，我老婆八成會殺了我。」戴明看著手錶苦笑。

「你最好一回到家就跪下來認錯，我今晚真的不想再處理命案了。」李隆搖了搖頭。

夏辰跟戴明都是開車來太平山，只好各自開車前往三星分局，一路上，她的心思依然圍繞著案件，學校馬上就要開學，她卻沒辦法把心思移回工作。

沒想到真的在秘境步道找到一袋屍骨，竟然真的有人犯下黑暗殘酷的分屍案。

唯有解決這個殘酷的案子，她的心才能得到安寧。

翠峰湖冬景

6

翠峰山屋的殺人事件轟動整個台灣社會，一個晚上就毒殺三個人，賴志勳又是小有名氣的攝影家，沒等警方追查，媒體就扒糞般挖出賴志勳的身分背景，晚間新聞甚至用「攝影師成魔之路」做了特別報導。

由於戴明是大安分局偵查組小隊長，案發時在現場，死者靜美和阿霞也都住在大安區，儘管兇手賴志勳已經認罪，但案子有太多疑點待查，大安分局跟宜蘭三星分局還是組成聯合搜查總部。

當然，現在他們最在意的還是在秘境步道找到的人骨是否和賴志勳有關。為了避免影響搜查，警方尚未對媒體公開人骨的事，一旦公開，媒體大概會整個炸掉吧！

雪隧又塞車了，開車前往羅東的路上，戴明氣悶地搥了方向盤。

翠峰山屋的毒殺案之後，他已經數不清自己來回台北和宜蘭多少趟了，兇手賴志勳坦承犯案，物證鑑識的結果也陸續出爐。

一開始，鑑識人員翻遍翠峰山屋都找不到賴志勳多打的三把鑰匙，鑰匙是重要物證，賴志勳總共多打了四把鑰匙，除了其中一把已經在床墊裡找到，另外三把肯定偷偷藏起了，一定藏在山屋裡，不可能找不到。

戴明打電話給夏辰，雖然兩人都很想遺忘那個惡夢般的夜晚，卻不得不一起回憶細節。

夏辰認為賴志勳一定是趁建昌失蹤，他們在搜索山屋時藏起鑰匙，一共有三把鑰匙，要將要鑰匙藏妥當，賴志勳很可能是利用上洗手間的時候，鑑識人員又一次翻遍山屋的洗手間，其中一名鑑識人員靈機一動，想到洗手間地板的排水孔其實很容易鬆開，調查排水孔，果然找到鑰匙，轉開排水孔需的小螺絲起子，賴志勳應該是趁大家不注意時用腳踢進某個房間的床底，鑑識人員之前就找到了，那時沒想到跟案件有關。

靜美和阿霞的包包裡的物品都沒查到賴志勳的指紋，但是阿霞的老花眼鏡沒有任何指紋，顯示被擦拭過，這證明了夏辰的推測，賴志勳確實擦過老花眼鏡的指紋，他沒在阿誠的老花眼鏡留下指紋，算他運氣好，幸好他敵不過夏辰的睿智。

鑑識人員在阿誠的背包裡找到氰化鉀，賴志勳坦承原本想將罪嫌推到阿誠身上。

警方也搜索過賴志勳的住處，賴志勳很顯然在出發前就做好自己可能被逮捕的最壞打算，屋子裡收得乾乾淨淨，找不到任何跟翠峰山屋命案相關的線索，筆電裡的檔案也清清白白，全是工作檔案。

車子塞在雪隧裡動彈不得，戴明回想起電視的專題報導，「攝影師成魔之路」。

其實，電視的報導很有意思。

西元一九一五年，台灣總督府開始在太平山開採林木，開啟太平山的伐木事業，一九二一年，鋪設太平山土場到天送埤，以及天送埤到歪仔歪的鐵道，貯木池也從員山移到羅東，一九二四年，從太平山到羅東的鐵道全線通車，自此木材全由蒸汽火車從太平山運送到羅東，羅東成為繁華的木材城鎮，商業鼎盛。

迎著這股風潮，台灣光復後，賴志勳的祖父經營運輸事業致富，賴志勳的父親是么兒，自小就是紈袴子弟，早早結婚，一九七三年，賴志勳出生，他依然整天吃喝玩樂。

一九七六年，太平山限制伐木，伐木事業逐漸沉寂，一九八二年，太平山伐木事業中止，祖父的事業受到打擊，家道逐漸中落，祖父決定分家，賴志勳的父親只分到一間房子，他父親的兩個哥哥則是各分到不少家產。他們認為羅東沒有發展機會了，決定把家產賣了去台北經商。

生活日漸窘迫，賴志勳的父親卻依然整天飲酒作樂不事生產，經常上台北向哥哥們伸手借錢過活。

一九八三年，賴志勳十歲時，父親飲酒過量猝逝，兩個伯父上門討債，要求賴志勳的母親必須用那間房子抵債，將賴志勳和母親趕出家門。

賴志勳的母親出身書香世家，外公是學校教師，因為早早嫁人，她的教育程度僅有國小畢業，因為親戚家種菜，母親遂在羅東的市場賣菜維生，將賴志勳養大。

賴志勳高中時成績普普，畢業後考上台北的私立大學，大二時，母親生病過世，他靠助學貸款完成學業，大學畢業後換過好幾個工作，也是靠助學貸款去紐約進修，從紐約回到台灣，他好不容易還完助學貸款，也漸漸在攝影界闖出名號。

嗜血的媒體當然不會放過大林、千慧和阿誠等人，千慧和阿誠都因為傷心難過不願受訪，大林則是大方接受媒體採訪，詳述在翠峰山屋可怕的一夜。

夏辰不願在媒體前曝光，事先就要求警方別對媒體提起，大林受訪也簡單說是警方掌握證據逼賴志勳認罪。

重要的是，大林把賴志勳的抱怨全告訴了媒體。

「你們都太有錢了！」

是否家道中落造成賴志勳的心態扭曲？媒體神通廣大找到賴志勳的伯父受訪。

「我父親非常寵我小弟，他習慣了奢侈生活，對志勳也非常寵，志勳讀小學時，他每天開豪華房車接送志勳上下學，家裡還有奶媽跟傭人，志勳要什麼有什麼，但小弟根本沒在工作，花用都是跟我們借錢，一開始不忍心不借他，久了覺得他真是不像話，我們不借他錢，他就到處亂借錢，等他死了，債主找上我們，我們只好把他的房子賣了去抵債，不然能怎麼辦呢？我們家的名聲都被他給破壞了。」

伯父言談間難掩對賴志勳的父親的嫌惡，可以想見賴志勳的父親過世後，他們根本不願意對孤兒寡母伸出援手。

賴志勳的大伯父和二伯父靠著賣掉家產的資本經商致富，坐擁不少產業，子女們都出國受高等教育，對賴志勳來說，堂兄弟姐妹都生活富裕，唯獨他必須辛苦掙扎過活，是否種下無情殺人的扭曲心理？

至於賴志勳從紐約回國成為攝影師之後的經濟狀況，警方調查之後發現，賴志勳成立攝影工作室時向銀行貸款六十萬，市價八十萬的汽車也是貸款買的，還用信用卡分期購買昂貴的單眼相機、鏡頭和筆電，都在償還中，房子是租來的，租金一萬兩千元。

賴志勳每個月光是房租和必須償還的貸款和卡費就高達三萬元，他擔任攝影師和攝影班教師的收入平均才五萬元，攝影集銷售狀況雖然不差，但也只拿到八萬元的版稅，相較於他拍照投入的時間、心力和攝影設備，根本不符成本。

警方跟賴志勳的房東詢問後發現，賴志勳經常拖欠房租，總是房東催才繳。

除此之外，賴志勳已經四十五歲卻尚未娶妻，也加深媒體對他心態不正常的渲染。

孤獨的攝影師殺人魔，因為嫉妒攝影班的成員生活優渥就下手殺人，可見他對於自己本來是大戶人家的富公子卻家道中落不得不在菜市場賣菜非常憤恨，種下殺機。

但是事情真的這麼簡單？賴志勳跟太平山秘境步道找到的人骨毫無關係嗎？該如何查證？

終於到了羅東警局，戴明走進警局，三星分局的趙修文已經先到了，他們一起走進會議室。

為了查明賴志勳的背景，他們請羅東警局協助，羅東警局派出不少員警四處搜查，今天就是就要告訴他們搜查的結果。

最先找到的受訪者是賴志勳的國小老師，他說了件有意思的事。

「賴志勳小時候很安靜，在班上並不突出，我對他特別有印象是因為以前他爺爺家的運輸行就在我家附近，我跟他的大伯父是初中同學，才會特別記得他。賴志勳的父親是有名的不成材，不好好念書，整天飲酒玩樂，回家就是伸手要錢，整個家族都對他非常頭痛，後來伐木事業沒落，他還整天到處跟人抱怨說他爸沒用。相較之下，志勳算是很乖，在課堂上很聽話，我印象特別深刻是有一次放學後，我整理好學生的作業正要回家，走出學校不久就看到他蹲在路旁，我走過去看他在幹嘛，發現他不知怎麼抓到一隻青蛙，我們那一帶田很多，青蛙也很多，我發現他正在用刀片肢解青蛙，那隻青蛙還是活的，一直扭動，可他故意不把青蛙殺了，而是慢慢切著青蛙的四肢，那時候不知怎麼……他的神情讓我覺得毛骨悚然。」

負責報告的員警翻著資料皺眉說：「根據這名國小老師的講法，之後他好幾次看到賴志勳在肢解小動物，青蛙、蝴蝶、壁虎，甚至也有老鼠。」

另一名員警則是找到了賴志勳的高中同學受訪。

「我跟賴志勳是高中同學，志勳很愛看書，對自己的寫作能力很自負，高二時有個重要的作文比賽，志勳一直以為老師會派他去參加，沒想到老師卻派了另外一個功課很好的同學，志勳非常生氣，幾天後，那名同學卻在學校下樓梯時，不知怎麼摔下去了，不但手骨折還撞到頭，那個同學說覺得有人推他，可是那是剛下課的時候，一堆人都擠著要下樓，警方調查後，沒辦法證明真的有人推他，就不了了之。之後老師就改派志勳去參加作文比賽，志勳非常高興，聊天時，他不小心說溜嘴說那個同學受傷真是太好了，我想應該是志勳把那個同學推下樓，覺得他很可怕，之後我就跟他疏遠了。」

還有一名員警找到以前在菜市場和賴志勳的媽媽一起賣菜的老太太。

「志勳的媽媽總說志勳很乖，又乖又聽話，假日他也會來市場一起賣菜，我們那邊是羅東最大的市場，假日都很多人來買菜，當然也很多富太太會來，你們也知道，富太太對我們賣菜的都很不客氣，不客氣就算了，明明有錢，卻愛殺價，有次有個富太太來跟志勳的媽媽買菜，買了一堆菜竟然還殺價，志勳的媽媽說我們是小本生意不方便殺價，富太太就說了些奚落的話，看到志勳也在，還笑說在市場把小孩養大，孩子大了也不可能有出息，連我聽了都覺得氣，後來富太太太去逛了一圈又經過我們菜攤附近，剛好一台機車騎過來，志動當時正在玩球，球突然滾了出去，志動衝去撿，機車為了閃避志動就撞到了富太太……富太太是沒受重傷啦，就跌倒時扭傷腳，跟機車騎士鬧得不可開交……這應該是意外啦……只是我剛好發現志動看到富太太跌倒時在偷笑……感覺他好像是故意的……沒啦，也可能是我多心，我沒跟志動的媽媽講，志動一直都很乖，讀書也認真，成績是沒有很好，好歹還是有考上大學，沒考上國立的他媽媽有些失望就是了……」

員警闔上資料說：「我問到的，就這件事讓人比較在意。那個老太太還講了一堆事，多半都是在講賴志動很乖很聽話，跟媽媽感情很好會幫忙賣菜，沒什麼重要。」

羅東警局的偵查隊長皺著眉頭說：「就目前收集的資料看來，賴志動的人生不太順遂，小時候家裡很有錢，可是很快就家道中落，成績普通，在學校老師沒特別疼愛，也考不上國立大學，好不容易去紐約念書學攝影，回到台灣闖不出名堂，依照現在的流行語……該怎麼講？喔，就是那個啦，魯蛇，年輕人不是很愛這樣講嗎？」

戴明皺眉，「話不是這樣講，現在一般上班族薪水只有三萬上下，他一個月平均收入五萬也不算少了，說魯蛇太誇張，是他自己生活太奢侈，才賺多少就開八十萬的車子，攝影器材也都買很貴，生活壓力是他自己造成的。」

員警插嘴說：「他是不是心底深處一直覺得自己是大少爺？」

偵查隊長點頭說：「有可能，根據我們的調查，他祖父的運輸行以前非常賺錢，他們家很大，依照現在的講法就是豪宅，不但占地很大，還位在現在的羅東鬧區，家裡還有不少傭人，分家之前，賴志勳還有奶媽照顧，傭人也整天隨伺在側，那一段生活應該在他心底烙印很深，相較於後來在菜市場賣菜的生活，落差實在太大，他一定覺得非常難以忍受。」

戴明思考了員警們的報告內容說：「歸納起來，他小時候就會殘忍的肢解小動物，高中時疑似把同學推下樓，還曾經故意害富太太被機車撞到，這些行為都跟他在翠峰山屋做的事如出一轍，為了自己的利益可以計劃周詳殘忍的對人下手。」

偵查隊長眉頭深鎖，「但是，殺人犯法，是大罪，他進行縝密的計畫殺人，真的是因為覺得那些被害者太有錢嗎？就目前的情況看來，殺人滅口的可能性更高。你們還沒查到他跟分屍案的關聯嗎？」

戴明嘆氣，「我們還在努力追查。」

☆

坐在辦公桌前，李隆凝視著桌上的資料。

為了找出受害者的屍骨，李隆跟好幾個警局請求支援，要求他們去賴志勳曾經在臉書打卡上傳照片的地點搜山，陽明山、九份、北投、拉拉山……，幾十個員警幾乎不眠不休搜尋了一個星期共九個地點，在其中四個地點找到六袋屍骨，經過ＤＮＡ鑑定，證實分屬小宛、小春和婷婷，他在秘境步道找到的屍骨則是屬於莎拉。

屍骨全埋在賴志勳去過的地方，賴志勳罪嫌重大。

受害者的屍體都是分裝成兩袋，小宛、小春和婷婷的屍骨齊全，莎拉的屍骨不齊，少了好幾個部分，很顯然有人把颱風過後掉出骨頭的那袋屍骨拿走，另外藏起來了，八成就是賴志勳。垃圾袋都是最普通的黑色垃圾袋，上面沒有指紋，也驗不到DNA。

李隆的心情非常沉重，是沉到井底最深處的那種沉重。

一拿到搜索票，他馬上澈底搜索賴志勳的住處，賴志勳的工作室就在自家，位在吳興街巷子裡老房子的一樓，兩房兩廳一衛，一間臥室，一間工作室，有個廚房。

賴志勳的筆電沒帶去翠峰山屋，放在他的工作室，警方已經破解密碼，裡面沒有跟案件相關的資料。

賴志勳的手機和平板也都被警方扣押，警方也破解了密碼，同樣找不到任何資料，手機裡沒有九月以前的資料，賴志勳說他在九月初買了新手機。

李隆跟賴志勳談過，賴志勳堅稱不認識四名失蹤者，對案子一無所知。

調查賴志勳的通聯記錄，他不曾跟四名被害者通話，偏偏Line的對話紀錄已經被他用換手機當藉口處理掉了。

李隆打了電話給夏辰，夏辰提出一個想法，賴志勳是攝影師，他一定有拍攝屍體，甚至分屍後的照片，照片應該藏在某處。

四名失蹤者慘遭殺害，兇手不可能沒有留下任何線索，一定有線索，哪怕只有一點點線索，夏辰都可能從中找出破案的關鍵。

李隆又一次澈底搜索賴志勳和四名失蹤的住處，卻找不到任何跟案件相關的線索，他真的無計可施了。

戴明已經把羅東警局協助查到的資料彙整好交給他，從賴志勳的過往展現的殘忍特質以及屍骨都埋在賴志勳曾經在臉書打卡上傳照片的地方來看，賴志勳跟分屍案絕對脫離不了關係，怎麼可能找不到任何線索？

走出警局，九月底，陽光燦爛天氣炎熱，李隆開車前往位於羅斯福路的大學。

走進大學，問了幾名學生，李隆才找到理學院大樓，校園廣大，他走得汗流浹背，又問了好幾名學生，他終於找到夏辰的研究室，助理說夏辰正在上課，他只好走往教室。

走到教室外突然響起噹噹噹噹的鐘聲，下課了，夏辰跟學生說今天就上到這裡，幾名學生圍過去問夏辰問題，李隆不耐煩等，走進了教室。

看到他，夏辰一臉意外，學生都離開了，夏辰才說，「案情有突破嗎？」

「沒有任何突破。」李隆非常煩躁，「我們一定忽略了什麼，應該好好談一談。」

「也好，去我的研究室吧！」

走進夏辰的研究室，助理正在打電腦，夏辰跟助理交代幾句，助理離開研究室，李隆在研究室裡的沙發坐下來。

「要喝咖啡嗎？」

李隆擦了擦汗，「有冰咖啡嗎？」

「嗯。」

拿起玻璃水壺放在電磁爐上煮水，把咖啡豆放進手磨磨豆機，夏辰慢慢磨豆子，接觸到李隆訝異的眼神，她把磨好的咖啡粉倒進濾杯，「我喜歡磨咖啡豆，有助於思考。」

原本心情非常急躁，看到夏辰用優雅的手勢把水倒進細口壺，朝濾杯緩緩注水，李隆的心情漸漸平靜下來。

打開冰箱，夏辰拿出冰塊放進透明的玻璃杯，把咖啡倒進玻璃杯，夏辰端著咖啡走過來，在李隆的對面坐下來。

李隆喝了一口冰咖啡，「非常好喝，比咖啡館的咖啡還好喝呢！」

「我只是對咖啡比較講究。」夏辰也喝了一口咖啡，酸苦適中，她對自己的手沖咖啡很滿意。

「找不到任何線索。」李隆又喝了一口咖啡，冰涼的咖啡稍稍冷卻煩躁的心情，他重重吐出一口氣，「案子沒有任何進展，也找不到莎拉失蹤的屍骨。」

「被害者都是性工作者，他又單身，應該有召妓的習慣，有找到相關資料嗎？」

「沒有，我也認為他應該有召妓的習慣，拿著照片問遍萬華站壁的妓女，大家都說沒印象。」

「他的相貌普通，如果每次都找不同人，很難留下印象。」

「也可能他雖然會召妓，卻礙於經濟拮据，次數不多。」李隆搖了搖頭，「明明負債累累，他竟然還養了一隻大狗。」

「你之前沒提過他有養狗。」夏辰面色凝重，「外出工作時，他的狗怎麼辦？」

「賴志勳有助理，是北醫的學生，對攝影很有興趣，利用課程閒暇兼職當他的助理。他不在時助理會來餵狗，如果他外出過夜，助理會把狗帶回去照顧，根據助理的說法，他原本養了兩隻狗，其中一隻狗年初時死了。」

夏辰的臉色更加凝重，「怎麼死的？」

「助理是台中人，過年時回台中待了一段時間，回到台北，他去工作室發現只剩一隻狗，賴志勳說另一隻狗急性腎衰竭過世，已經火化了。」李隆抬頭看著夏辰，「妳認為有問題？」

「嗯，我猜他是用狗來測試氰化鉀的效用，那兩隻狗他養多久了？」

「助理說是去年底才領養，沒有很久。」李隆的表情沉了下來，「莫非那四名失蹤者也是先被他毒殺，之後才分屍？」

「很有可能，有查到氰化鉀的來源嗎？」

「賴志勳說是上網從大陸訂購，說大陸拍賣網站有很多人在賣，他買了一堆，再買一堆白老鼠回來試用，從中篩選出毒性最高的，又推說因為買太多，他不記得毒性最高的是哪個賣家賣的了。我在他的筆電沒找到資料又去問他，他說他是去網咖，用網咖的電腦上網訂購。」

「收件呢？寄去哪裡？」

「寄去他常去的店，他說白天常不在家沒辦法收包裹，老闆就幫他收了。」

「氰化鉀取得不易，他也有可能從大陸網站買了一些藥，自己設法透過實驗製造出來，只是不肯吐露實情。」

「這也有可能，否則要是氰化鉀那麼容易買到，也太危險了。」

「沒錯。那在他的住處有找到血跡反應嗎？」

「妳是說魯米諾反應？有，浴室的洗手台、地板和浴缸裡都有。」
「你問過賴志勳嗎？」
「嗯，他說他曾經在浴室換燈泡時跌倒，被燈泡割到手流了很多血，我不相信他的話。」
「鍋子呢？被害者的屍骨經過烹煮，他的住處有找到大鍋子嗎？」
「沒有，鑑識人員說被害者的骨頭有被鋸開的痕跡，但是我們也沒找到分屍用的刀子或鋸子。」
「一定被他處理掉了。」
「他刷卡購買的物品我們都調查過了，沒有可疑之處。」
「他沒那麼笨，購買大鍋子或刀子等工具一定都是付現金。」夏辰又想到，「冰箱呢？有足以放屍體的大冰箱嗎？」
「廚房裡有一個對門冰箱，以單身漢而言算很大的冰箱，雖然不足以把屍體塞進去，但如果分屍了，一定沒問題。我們調查過冰箱，沒有魯米諾反應。」
「他一定作好妥善處理才把屍體放進冰箱，住處有大冰箱，浴室的洗手台、地板和浴缸都有血跡反應，他越來越可疑了。」
「我看過他臉書的所有貼文，貼文沒有可疑的內容。」
「被害人呢？你之前也只說了基本資料，有沒有遺漏什麼？」
李隆滑著平板，「從莎拉開始吧，年齡和出身背景都說過了，還有她失蹤當晚的情形妳也都知道了。」

「你調查過莎拉失蹤那天晚上，賴志勳的行蹤嗎？」

「他說他不記得了，說那陣子他很忙，八成在家裡工作，我看了他的手機的行事曆，那天晚上沒有排定的工作。」

「他很聰明，沒有刻意製造不在場證明，反而很難抓到他的把柄。」夏辰又想到，「監視器呢？他的住處附近有沒有監視器？」

「我查過了，他住的巷子沒有監視器，幾條巷子外的監視器在那天半夜有拍到一男一女，可是監視器老舊，畫面不夠清晰，看不出是不是賴志勳和莎拉。」

「租車公司呢？冒用身分證去租車的人有沒有留下影像？」

「沒有，犯人選的是老舊的租車公司，既沒有監視器，檢查證件也非常隨便，只要客戶付錢就可以把車開走，附近的監視器有拍到車子，但是車子很快就開進沒有監視器的巷子消失了。」

「他一定事先勘查過哪些巷子可以避開監視器。」

「嗯，小巷子的監視器通常沒那麼齊全。」

夏辰想了想，「回到莎拉身上好了，還有什麼關於她的資料？」

李隆滑著平板，雖然覺得無關緊要，他還是說了，「莎拉有養貓，一隻叫橘子的貓。」

「貓？」夏辰瞪大眼睛，「你之前為什麼都沒提？」

「莎拉有養貓，對案件有影響嗎？」

「莎拉遇害了，貓由誰照顧？」

「她的室友阿麗，就是阿麗來報案說莎拉失蹤，堅持說她不會丟下貓走得無影無蹤，我才會積極查這個案子。」

「這是個重要線索，我們先從這個方向積極調查。」夏辰喝了咖啡，凝神思考了一段時間，「有四件事，不，五件事需要你去調查。」

「沒問題！」李隆振奮地點著平板，「妳說。」

「莎拉是七月二十七日失蹤的對吧，你……」

「妳記得莎拉失蹤的日期？」

「莎拉是七月二十七日晚上十點三十二分被犯人帶走。」夏辰非常平靜，「我對於數字向來過目不忘，我記得每一名失蹤者的失蹤日期。」

「難怪可以在大學教書。」李隆非常佩服，「所以，要調查什麼？」

「請員警去賴志勳附近的住家詢問，那天半夜是不是聽到激烈的狗叫聲。」

「狗叫？為什麼？」

「我也有養貓，我有個親戚有養狗，那隻狗每次看到我都會狂吠，因為我身上有貓的味道。狗看到陌生人本來就很可能會叫，更別說莎拉身上有貓的味道，賴志勳養的狗一定會叫。」

「原來如此，我回去就請員警去調查，還有呢？」

「請鑑識人員澈底調查賴志勳的住處，包括他所有的衣服、床單、枕頭套和窗簾……總之全都要調查，看能不能找到貓毛。」

「貓毛？」

「貓毛很容易黏附在任何地方，尤其是布織品，如果可以在賴志勳的住處找到橘子的毛，就能證明莎拉去過賴志勳的住處。」

「如果賴志勳把犯案時穿的衣服丟掉或送洗了呢？」

「送洗不一定能洗掉貓毛，貓毛也不見得只沾在他的衣服上，即使他把自己的衣服跟莎拉的衣服都處理掉了，貓毛還是有可能黏附在屋子裡的任何地方，一定要調查。」

「有兩件事我一直很疑惑，如果賴志勳真的殺了被害者，那被害者的物品呢？衣服、包包之類的，還有最重要的手機到哪裡去了？」

「衣服跟包包只要拆散跟垃圾混在一起就好了，至於手機，他很可能把Sim卡取出弄壞，砸碎手機再跟一堆垃圾混在一起丟進垃圾車，就不會被找到了。另外一件事是什麼？」

「他把被害人分屍，衣服會沾到血跡，沾到血跡的衣服非常難洗，難道他也把沾上血跡的衣服丟進垃圾車了？應該會被注意到吧？」

「他的心思非常細密，應該不會讓血跡沾到衣服。」

「那……」

「他可以不穿衣服，別忘了被害者都是性工作者，行兇殺人時，他很可能是赤裸的。」

「妳是說他們可能才剛那個、那個……他就殺人了？」李隆臉色發青，「這樣的話床單會有血跡吧？床的附近應該也會滴到血，可是他的臥室完全沒有魯米諾反應。」

「他可以在浴室行兇殺人，或是把被害者迷昏或毒死再抱進浴室。」

想像這個畫面，李隆不由自主打了個寒顫，夏辰的臉色也非常難看，只好又喝了一口咖啡。

「第三件事……」

「嗯？」

「問阿麗在莎拉失蹤的當天，不，加上前一天好了，問清楚莎拉那兩天的行動，她去了哪裡，做了什麼，只要阿麗記得的，都要問清楚。」

「好。」

「第四件事……」

「嗯？」

「問賴志勳的助理，那隻大狗都吃什麼。」

李隆的臉色簡直要發綠了，就算眼前有一具血淋淋的屍體，他的臉色都不見得這麼難看。

「難道……妳認為……？」

「嗯，我原本認為兇手把屍體煮熟後混在廚餘裡，但是一共有四具屍體，把其中一部分餵狗吃，應該更好處理。」

「老師，我不懂，這麼恐怖驚悚……」李隆深深皺起眉頭，「根據鑑識人員的調查，找到的屍骨的頭骨都被鋸子鋸成兩、三個部分，股骨、肋骨和髖骨也全被鋸斷，就算是為了方便棄屍，也太太太……他到底在想什麼？」

「依我的分析，為了容易棄屍毀滅犯罪證據，他什麼事都做得出來。」夏辰搖了搖頭，「還有最後一件事。」

「請說？」

「儘可能找出跟他比較親近的朋友，跟他的朋友們詳細詢問他這半年來有沒有任何異常的舉動，或是抱怨過什麼事，或是特別亢奮、特別憤怒的情況……」夏辰忽然想到說：「對了，還有是否曾經聊到召妓，男人很可能跟朋友聊起女人對吧？」

「嗯，如果喝了酒就更可能講到了！」

「好，透過他的手機通訊錄和臉書好友名單交叉比對，應該可以找出跟他比較親近的朋友，問清楚這些事，我們再來討論下一步。」

「嗯，我總算有調查方向了，今天來找妳果然是對的。」

「李組長，如果我沒弄錯的話，你這是翹班？」

「我明明就在工作。」李隆笑了，「謝謝妳的咖啡，一有結果我會馬上跟妳說。」

「查完這五件事，我們應該就能確定賴志勳是不是兇手了。」

「我很掛心莎拉，她的屍骨還有一部分沒找到，田中分局的王警官已經通知莎拉的外婆壞消息……屍骨不全……我們當警察的都不知道該怎麼面對她外婆，一定要把莎拉的屍骨找出來！」

「等掌握更多線索，應該有機會找到，你別太煩心了。」

「謝謝妳的協助。」

「不用客氣，我們都想早點讓冤魂安息，不是嗎？」夏辰深深嘆了一口氣。

李隆滿懷感激跟夏辰道別，走出了研究室。

夏辰在辦公桌前坐下來，發現咖啡還在茶几上，她走過去拿咖啡，心不在焉，她撞到茶几打翻咖啡，咖啡灑了一地。

無奈地擦拭茶几、地板和不幸被潑及的沙發，她凝神思考，如果賴志勳是犯人，被害者一定去過他的住處，怎麼可能沒留下任何痕跡？沒有人打翻飲料或是打破杯子不小心劃傷手嗎？或是掉落頭髮？竟然連被害者的一根頭髮都找不到，賴志勳一定澈底打掃過房子。

打掃……她想起李隆剛剛說的，被害者的頭骨被鋸成好幾個部分，股骨等骨頭也被鋸斷。

拿起手機，她傳訊給李隆，「還有吸塵器，拆開賴志勳的吸塵器，把所有卡在裡面的細微毛髮和碎屑都拿去鑑識，被害者的毛髮和骨頭碎屑很可能殘留在吸塵器裡。」

賴志勳當然會換掉吸塵器的集塵袋或集塵筒，甚至澈底清潔吸塵器，但毛髮和骨頭碎屑很容易卡在縫隙，也許還有一點機會。

民眾撿到屍骨的同一天賴志勳也去過太平山的秘境步道，發現屍骨的地點全是賴志勳去過的地方，甚至還炫耀性的拍照打卡，他絕對是兇手。

更別說在翠峰山屋那一夜，夏辰親眼看到賴志勳面不改色殺了三個人，他在三個人的藥物和飲料中下毒，靜靜等待他們吃下毒藥死去，那是一群對他非常和善的老人家，性情溫和善良，賴志勳很清楚那三個人的死亡會帶給親友多大的傷痛，他卻毫不在乎。

如果可以，她真想親自去調查關於賴志勳的一切，可惜工作堆積如山，她只能無奈地嘆了一口氣，該專注在自己的工作了。

見晴懷古步道

7

透過賴志勳手機的通訊錄和臉書好友的交叉比對，李隆很快就找到賴志勳的死黨顏宏杰。

顏宏杰是賴志勳的大學同學，也是大學室友，常在賴志勳的臉書留言按讚。他馬上把顏宏杰找來警局問話。

「是，我跟志勳一直都是好朋友，大學四年都住在一起，看到新聞我真是嚇壞了，根本不敢相信他會犯下殺人案件，他不是那樣的人啊！」

李隆苦笑，警方辦案最無奈的就是歹徒的親友總是信誓旦旦說他不是那樣的人。

他切入正題，「他有沒有跟你聊過他是否會召妓？」

顏宏杰抓抓頭，「這跟殺人案有什麼關係？」

「沒什麼，我們只是想把他的事調查清楚。」

「你不會把我說的話告訴記者吧？現在新聞整天大肆報導說他是殺人魔，已經把他講得很難聽……」顏宏杰唉聲嘆氣，他對賴志勳倒是很有義氣。

「我不會把你說的話告訴記者，放心。」

「好吧，那我就說了，有啦，他有提過他有時候會去萬華找女人，畢竟男人都有需要嘛！」

顏宏杰又忙不迭澄清說：「但是我沒有喔！我已經結婚了還有兩個小孩，我沒跟他一起去找過。」

「說到這，他為什麼沒結婚？你們聊過嗎？」

「他一直懷才不遇。在紐約念書時，他過得非常辛苦，跟個印度人擠在一個小房間，紐約的學費和生活費都極為昂貴，生活在奢華的紐約，他卻幾乎三餐都吃麵包，好不容易撐過在紐約進修的生活，回到台灣，他努力拍照，慢慢博得一些名氣，終於得到出版社的青睞出了攝影集，他本來以為人生就要否極泰來了，攝影集卻賣得不怎麼樣，他也努力參加比賽，卻始終沒得過攝影獎，只能四處接案子，拍美食，拍平面模特兒，都是必須仰人鼻息聽人指揮的工作……」

「等等！」李隆打斷他的話說：「他常投作品去攝影獎嗎？」

「嗯，今年五月也有投，那時他本來很開心地說那是很棒的傑作，可惜卻沒有得獎。」

「你記得攝影獎的名稱嗎？」

「嗯，是外國的攝影獎喔！」顏宏杰說了名稱，李隆趕緊叫一名員警過來記下攝影獎的名稱，要員警去跟主辦單位要賴志勳投過去的照片。

交代完，李隆才說：「就是說，他的日子過得很不順遂，不想成家？」

「嗯。講現實點，男人沒有房子和穩定的工作，很難找對象，但是我看他也無心成家，就是拼命想闖出名堂，我也曾經勸他就放棄攝影夢，找個穩定的工作，可是他這些年都在攝影界打滾，工作資歷不好，現在又不景氣，他也四十幾歲了，說真的也不好找工作。」

「他最近有跟你聊過跟召妓有關的事嗎？」

「一段時間之前有講過一次。」

李隆緊張了起來，「他說什麼？」

「說他找了個傳播妹，我很驚訝，問他怎麼搭得上傳播妹，他說跟一群朋友去喝酒時，一個有錢的朋友叫了傳播妹，有個傳播妹跟他勾搭要Line，說可以私下找她，會算他便宜。但是傳播妹再怎樣都不可能比萬華的站壁妓女便宜，他本來沒打算叫，可是後來他去攝影班上課時很不爽……」顏宏杰頓了一下才說：「其實他跟我抱怨過好幾次那群老人的事，只是我沒想到他竟然會下手殺了他們……」

「他抱怨什麼？」

「抱怨說那些老人很愛較勁，經常炫耀新買的鏡頭，那些鏡頭動輒都十萬元起跳，他卻因為背了不少貸款，儘管想要一個很棒的鏡頭卻都沒錢買，那天去上課卻看到其中一個老人叫大林的買了他很想要的鏡頭，一個鏡頭要十二萬呢！」

李隆皺眉，「他應該很討厭大林，卻沒對大林下手，實在很奇怪。」

「我也不太明白，總之，他就說那天他覺得很不爽，偏偏上完課之後又有個工作是去法國餐廳拍料理，主廚是剛從法國拿到大獎回國的年輕人，態度高傲，一直指責他拍照的角度不對，讓他非常生氣，回到家他一氣之下就打電話叫了傳播妹，卻被傳播妹惹得更火大。」

「怎麼說？」

「他說完事之後，傳播妹剛好瞄到他那本《清晨的菜市場》攝影集拿出來看，傳播妹不知道他就是攝影師，一直批評說菜市場髒亂又噁心，賣魚的老太婆有什麼好拍的，照片難看死了之類的，把他氣得半死。」

「那是什麼時候的事你記得嗎？」

「嗯，那天他講了很多話，我們聊到比較晚，出門前老婆剛好交代我要記得買小孩的聖誕禮物，我不小心跟他聊到超過百貨公司的關門時間，邊聽他講話我邊在想來不及買禮物了要怎麼辦。」

「所以是去年聖誕節前的事？」

「對。」

李隆心情一沉，如果賴志勳殺了那個傳播妹，可是他們並沒有查到有性工作者在去年年底失蹤，莫非還有第五個被害者？

他不抱希望地說：「賴志勳有提到那個傳播妹的名字嗎？」

「有，叫小宛。」

李隆精神一振說：「真的嗎？你確定？」

「對啊！因為我老家是賣滷肉飯的，有客人叫滷肉飯，會問他大碗還小碗，我還記得那天志勳無意間聊到那個傳播妹叫小宛，我還笑說她乾脆改名叫大宛，客人還能吃得比較飽呢！」

男人的低級玩笑在這裡幫上大忙了！這是一條非常重要的線索，賴志勳確實和小宛有過接觸，而且小宛還得罪賴志勳，賴志勳對她非常氣憤，小宛又是第一個失蹤的性工作者，賴志勳很可能是從那時開始計畫殺人。

顏宏杰又說了一些賴志勳的事，聽起來都無關緊要，他就請顏宏杰回去了。

賴志勳的第二個朋友是攝影師吳大昌，他和賴志勳是同業，常在彼此的臉書按讚。

「對，我跟賴志勳是朋友，之前一起參加攝影展認識，常一起喝酒吐苦水。聊天的內容嘛……他常抱怨生活沒有靈魂，不能自由地拍想拍的東西，我們主要都是接案生活，以雜誌社或網站的案子居多，最常拍的就是美食跟平面模特兒，就是那種介紹美食的雜誌或網站，還有賣衣服的網站會請一些模特兒穿新衣服，請我們幫忙拍照，當然得把美食或模特兒拍得美美的啦！說真的無聊得要命。這年頭相機性能好，很多素人攝影師隨便也可以把風景拍得很漂亮，攝影師要營造出自己的特色說真的很難，這行業也越來越競爭，有時候也不是你願意做無聊的工作就有案子接……我們喝酒聊天多半都在聊這些啦，收入少、懷才不遇、照片沒辦法高價賣出，只能幫雜誌或網站拍些廉價的照片……特別的聊天內容喔……唔……有一次喝醉他講到以前他媽媽在市場賣菜，他從小在菜市場長大，特別愛看人殺雞。」

「殺雞？」李隆精神一振說：「他說了什麼？」

「他說殺雞放血很重要，把雞從籠子裡抓出來之後，就要快狠準從雞脖子劃一刀，雞販會準備好臉盆在下面接，放完血之後就好處理了。我印象很深刻是因為……他講這件事講得很興奮，害我有點……毛骨悚然。後來我就沒有很愛跟他一起喝酒。這次看到他殺人的新聞，我也不知道該怎麼說……就……我好像不會覺得很驚訝。」

這倒是很難得，李隆好奇地問，「你跟賴志勳的照片，誰的評價比較高？」

「差不多啦！不過我有稍微得過一、兩個小獎，所以有時候會覺得志勳……好像有點嫉妒我。」

這人有超越常人的敏銳度，難怪可以捕捉到比較好的照片，李隆趕緊問了關鍵性的問題：「你記不記得賴志勳是什麼時候跟你聊到殺雞的事？」

「我想想喔……那天跟他喝酒聊天時，我媽剛好打給我，問我清明連假能不能回高雄掃墓……對了，志勳就是因為這樣才講到說他老家在羅東，聊起殺雞的事。」

「那時距離清明節大概還有多久？」

「大約一、兩個星期吧！」

「好，我知道了。」

賴志勳興奮地跟朋友聊起殺雞放血，推算起來是小宛失蹤後不久的事，莫非他想講的其實是殺人放血，只是不能直接提起，才故意聊到殺雞？非常有可能。

李隆把重點記下來，卻不禁心底發毛，殺了人之後，賴志勳竟然很興奮，到底是什麼心態？

賴志勳的第三個朋友是雜誌的編輯游子義，他跟賴志勳常透過臉書訊息談工作或常東拉西扯，感情應該不錯。

「對，我跟志勳合作好幾年了，看到新聞我實在很驚訝，平常這麼溫文儒雅的攝影師怎麼可能會殺人？我是負責生活版的內容，社會版的編輯早就跑來跟我問了一堆志勳的事，我跟志勳雖然常聊天，可是我對他的私事知道的不多，有沒有什麼特別的喔？嗯……大概有一件吧，志勳的性格很高傲，我們去採訪或拍照都需要店家配合，有時候一些有名的老店，老闆不但很難搞還要求多多，去拍照或採訪常被搞得一肚子氣，有時候志勳很不爽就會亂拍，我還得花時間跟志勳溝通，說真的很累。那一天，我們是去五星級大飯店裡一家超級有名非常難預約的餐廳採訪，主廚的態度非常惡劣，一直指揮講說他的料理得怎麼拍才好看，又說志勳拍的照片色澤不對、角度不好，平常這種情況志勳都會很氣，甚至會跟主廚吵起來，那天他卻笑嘻嘻地配合度超高，好像心情很好，拍照出乎意料非常順利地結束，我整個很驚訝，離開餐廳，我就問說他好像心情挺好的嘛！有什麼好事嗎？他就說他最近拍了一些很不錯的照片，每張都是傑作，他漸漸覺得可以建立屬於自己的世界，當世界的主宰。又說那些照片真的非常棒，可惜還不能給我看什麼的，總之就是一直炫耀那些照片多完美，一定可以得大獎，你也知道男人就喜歡臭屁講大話，我想說他大概就是偶然拍了一、兩張很漂亮的照片，認為投去攝影獎一定可以得獎，就跩起來了吧！後來我一直沒聽說他得獎的消息，想說既然沒好消息最好就別問他了。」

跟朋友炫耀傑作？李隆想到顏宏杰也有提到賴志勳說拍了傑作投去攝影獎，沒想到賴志勳也跟編輯大肆炫耀，他所謂的傑作該不會是那些被殺害的女人的照片吧？

李隆謹慎地問：「你記得那是什麼時候的事嗎？」

「五月中。」游子義露出不好意思的笑容說：「那時剛好我老婆生日快到了，採訪完我想說這家餐廳的料理很好吃，決定老婆生日那天帶她去吃，特別有印象。」

五月中？傳播妹小春是在五月十三日失蹤，賴志勳很可能在殺了小宛和小春之後，拍了不少屍體的照片開始自鳴得意，認為是完美的傑作，真令人作嘔。

李隆還找了好幾個賴志勳的朋友來問話，其他人講的內容都差不多，賴志勳常在抱怨懷才不遇，但近幾個月他的心情明顯好轉，跟不只一個朋友聊到他拍了很棒的傑作。

全部問完之後，李隆整理了這些人說的話，確切來說，他們沒有提供跟殺人案直接相關的線索，卻可以看出賴志勳犯罪的脈絡。

去年十二月底，小宛激怒賴志勳，自此種下賴志勳的殺機。清明節前，賴志勳興奮地跟朋友聊殺雞放血的事，五月中，他工作時變得很有耐性心情非常好，還跟朋友炫耀說拍了完美的傑作。

如果賴志勳是兇手，可以看出殺人讓他獲得極大的滿足，而且，對他來說，屍體的照片是完美的傑作，令人不寒而慄。

從去年十二月底到小宛三月中失蹤，賴志勳花了兩個多月策畫殺人，他的心思非常細密，殺人前一定做了縝密的計畫。

即使如此，賴志勳在日常生活中還是透露出殺人案的蛛絲馬跡，李隆很有信心，一直追查下去，一定能找到賴志勳犯下殺人分屍案的鐵證。

跟賴志勳的朋友聊完，李隆請賴志勳的助理小達來警局接受問話。

「對，我擔任老師的助理已經有一年，我在北醫念書，都是利用空堂時去老師那裡幫忙，老師會指導我的攝影技巧。你說狗狗阿福都吃什麼？老師有準備飼料，但是有時候冰箱裡也會有老師煮好的肉，老師會要我加熱餵阿福吃。」

「你有注意過那是什麼肉嗎？」

「應該是豬肉吧！老師都煮過了，我沒問過，老師的經濟又不是很寬裕，不可能餵阿福牛肉吧？」

「嗯……這段日子有沒有發生過你覺得不尋常的事？」

「我想想喔……老師有時候會請我幫忙丟垃圾，通常都是很大袋的垃圾，我是很疑惑，為什麼老師一個人住會有那麼多垃圾。還有就是，有一次因為垃圾比較大袋，我又太晚出去，得追著垃圾車跑，垃圾又很重，我不小心讓垃圾袋在地上拖了一下，垃圾袋破了，掉出一大袋煮好的肉，我覺得很奇怪，問老師，老師說本來要煮給阿福吃，但是忘了冰，肉壞了只好丟掉。」

李隆的臉色凝重，賴志勳應該是把受害者分屍後烹煮，一部分給狗吃，其餘的丟掉。

賴志勳是分屍案的兇手的可能性越來越高了，他想了想問，「你在那邊有看過類似鋸子的東西嗎？」

「有啊！老師會自己做架子，那裡有鋸子，還有各種工具非常齊全。」

李隆不自覺雙手握拳，他們搜查時沒查到鋸子或任何工具，表示賴志勳把用來殺人分屍的工具全都處理掉了。

「你有覺得賴志勳這幾個月心情特別好嗎？」

「有，老師之前經常神情陰沉，最近這幾個月卻心情很好，也常主動熱心地指導我攝影技巧，似乎對自己的攝影技巧變得非常有信心。」

李隆又跟小達聊了一陣子，沒問到其他重要資訊，他就請小達回去了。

員警突然過來報告說靜美的丈夫來警局，說想跟李隆談談，李隆趕緊請他過來。

「是這樣的，之前警察先生交代過，如果想起任何事都可以來跟你們報告，尤其是跟……靜美去太平山拍照有關的事，但是靜美突然走了，我打擊太大，又忙著處理她的後事，到今天才想起來……」

李隆溫言，「沒關係，你慢慢講。」

「那次颱風直撲宜蘭，才隔一天，靜美就說要跟攝影班的老師和同學一起去太平山拍照，我原本有些擔心，不想讓她去，但是她就是很喜歡跟千慧一起上攝影課，又說只是去拍照不會有危險，我才讓她去。回來後，隔了幾天，我們不知道在看什麼電視節目，好像是介紹狗的生長歷程的節目，她才說好像在太平山看到原住民作法的狗骨頭，我問她怎麼回事，她就說賴志勳帶他們去一個秘境步道拍照，她跟阿霞和建昌在一個斜坡看到狗骨頭，那個賴志勳也有看到，她本來想說要把狗骨頭埋起來，阿霞卻說宜蘭很多原住民，萬一是他們作法或詛咒的東西就不好了，會被狗靈或祖靈纏上，她也想說林務局會派人來清理，他們就沒碰，賴志勳還說看到這種東西不吉利，要他們不要跟別人提起，她本來也忘了，要不是看到電視在介紹狗，根本不會想起來。我今天想到這件事，就想說那天看到狗骨頭的是她、阿霞跟建昌，被殺的剛好也是他們三個人，會不會有什麼關聯。」

李隆簡直要跳起來歡呼了，原來是這樣，這就是賴志勳殺人滅口的理由！他們三個人果然見到了賴志勳埋藏的分屍案人骨！

現階段還不能對一般民眾提起案情，他只好說：「很可能有關聯，我們一定會好好調查清楚。」

「不能輕易放過他！」靜美的丈夫手微微發抖，「這段日子每天都有靜美的學生上門弔唁，她是這麼好的一個老師，這麼好的一個人，卻無辜被殺害……」

「你放心。」李隆的語氣堅定，「我們絕對不會讓他逃過法網。」

靜美的丈夫離開之後，去調查其他資訊的員警也一一回報，調查賴志勳參加攝影獎的作品的員警也把國外攝影獎的單位傳來的照片傳到他的電腦了。

他把檔案點開來看，照片名稱是：「血花四濺。」

看到照片，他心裡一驚，不自覺直起了身子，場景是賴志勳家的浴室，他不久前才在那裡調查了一個下午，非常熟悉。

照片裡鮮紅的血噴在浴室的牆上，地板上則是白皙的女人的腳，女人的腳上也有血，但是只有拍到腳掌和腳踝。

當然，他也知道賴志勳不會傻到把看得出是屍體的照片拿去投攝影獎，但是他幾乎可以肯定，這是賴志勳殺了人之後拍的！

再也忍不住激動的情緒，他把照片傳到平板，帶著平板開車前往看守所。賴志勳的罪刑重大，不能交保，目前暫時羈押在看守所。

到了看守所，監獄官把賴志勳帶過來，賴志勳神情冷漠，監獄生活似乎不對他造成影響。

賴志勳神情平靜的在李隆對面坐下來，他一語不發打開平板，把螢幕轉向賴志勳說：「這是什麼情況下拍的照片？」

「我不明白你的意思。」

「那些血哪來的？」

「我為了拍攝照片準備的雞血。」

就知道賴志勳會推得一乾二淨，他氣憤地說，「那是女人的腳吧？」

「嗯，我拜託朋友協助攝影。」

「什麼朋友？名字？電話？」

「不熟的朋友，我不記得了。」

「不熟的朋友會願意協助你拍攝？」

「我有付她錢。」

「是妓女吧！被你殺害的妓女！」

賴志勳神情絲毫未動搖，「我不知道你在說什麼。」

李隆拿出四個失蹤性工作者的照片放在他面前說：「這四個女人你認識嗎？」

「你上次就說問過了，我也說過了，我不認識她們。」

「顏宏杰是你的好朋友吧？」

「嗯，他是我大學室友。」

「他說你去年底找過小宛！」李隆把小宛的照片啪地放在賴志勳面前說：「你還敢說你不認識她？」

賴志勳的神情依然毫不動搖，「小宛是很常見的名字，我找過的小宛，不是照片上這個。」

竟然抵賴得一乾二淨！李隆直視著賴志勳的眼睛說：「我知道是你幹的！那些女人的屍骨的埋屍地點，都是你曾經去玩過在臉書打卡上傳照片的地方，這不可能是巧合！她們一定是被你殺了分屍！我一定會找到證據把你定罪！」

賴志勳依然神情平靜，「我不知道你在說什麼。」

李隆越來越憤怒，「今天靜美的丈夫有來警察局，說靜美、阿霞跟建昌在太平山的步道看到骨頭，我們找到骨頭，也化驗出來屬於莎拉！你殺害靜美、阿霞跟建昌是為了殺人滅口吧！」

「不是，我說過，他們都太有錢了，我忌妒他們有錢。」

「這是幌子，是你用來掩人耳目的藉口！」

「你沒有證據。」賴志勳眼中終於閃過一絲狡獪，「有證據再來找我吧！」

氣沖沖地開車離開看守所，李隆也知道他沒有掌握足夠證據就來找賴志勳非常愚蠢，但他就是氣不過！

手機響了，他接起來，「喂？」

「組長，檢察官找你。」

「我馬上回去。」

回到警局，李隆跟檢察官報告了目前調查的成果。

「沒有證據。」檢察官眉頭鎖得非常緊，「就連他在翠峰山屋的犯案，你們掌握的證據都不夠，萬一他在法庭上翻供，事情會非常棘手。」

「我會找到證據！」李隆氣得幾乎發抖，「我會找到他把那些女人殺人分屍的證據！我一定會找到！」

他不相信賴志勳真有那麼厲害，他一定會拚盡全力找到證據把賴志勳定罪！

☆

坐在辦公桌前，夏辰翻著賴志勳的攝影集。

記得那天聊天時，賴志勳曾經提到刺點，那或許是他曾經努力的目標，只是，認真看攝影集，她覺得照片呈現的意念不夠明確，缺少直視人心的力量，難怪無法獲得太高的評價。

鏡頭是人的另一隻眼睛，鏡頭下的世界呈現人的內心世界，夏辰不懂攝影，不代表她看不懂照片。

攝影師得獎的照片通常都精準地捕捉人性自然流露的一瞬間，喜、怒、哀、樂，乾旱之後喜獲雨水，為戰爭憤怒的人們，痛失愛子的母親，戰爭結束的喜悅……人性深刻，易於捕捉也難以捕捉，全看攝影師對人性掌握的精準度。

賴志勳其實不懂人性，認真看他的《清晨的菜市場》可以看出這一點，記得賴志勳說他拍了五千多張，從中挑了最精采的兩百多張收進攝影集，照片儘管清晰漂亮，卻沒有一張尖銳地凸顯人性，不是賴志勳攝影能力不夠或運氣不好，而是賴志勳不具備挑選照片的能力，也許有賴志勳覺得拍得很醜很失敗，卻直指人心的照片，只是他看不出來。

賴志勳一定也有拍被害者，說不定還沾沾自喜，認為自己完成人生最完美的傑作。

記得賴志勳說過，「攝影師拍的照片，就是他的心靈之眼想讓人看的世界。」

如果鏡頭代表一個人的心靈之眼，殘酷的黑暗早已染上他的心，是漆黑如墨的黑暗之眼。

他是個失敗的攝影師，因此漸漸成為失敗的人，又從失敗的人漸漸成為失敗的犯罪者。

既然是失敗的犯罪者，不可能完美犯罪，一定能找到賴志勳的犯罪證據，她非常有信心。

☆

揮汗如雨的大熱天，李隆走進大學校園，明天就是教師節，他想起建昌握著酒和手銬死去的照片，了不起，他衷心佩服可以在短暫的瞬間留下直指兇手的死前訊息的建昌。

翠峰山屋的案子和他無關，但是為了分屍案，他必須詳細調查賴志勳，花了不少時間看過翠峰山屋命案的資料，也請戴明又一次跟他敘述命案的詳細經過。

被困在暴風雨中的山屋，深知殺人兇手就在身旁，即使他是警官，想起來也覺得不寒而慄。

走進夏辰的研究室，夏辰已經幫他準備好冰咖啡，天氣太熱，坐下來，他一口氣喝了半杯。

「麻煩李組長調查的事，都有結果了嗎？」夏辰用優雅的動作拿起咖啡喝了一口。

「嗯，我認為是很不錯的結果。」他點開平板。

「我洗耳恭聽。」

夏辰沒拿出紙筆或平板準備記下來，他知道夏辰會把他說的資料全記進腦海，真是令人羨慕的記憶力。

「第一件事，七月二十七日半夜，附近的鄰居是否聽到狗叫，答案是有。賴志勳住的房子是一排五層樓的老房子，彼此相鄰，隔壁三樓的黃姓女高中生表示那天半夜她有聽到一陣狗叫，清楚記得日期，是因為黃姓女高中生隔天有重要的鋼琴比賽，她很緊張一直睡不著，好不容易快睡著，卻又被狗叫聲吵醒，那時她還看了鬧鐘，發現已經半夜十二點，她隔天一早五點就要起床，她還記得自己那時心想，只剩五個小時可以睡覺了。」

「她知不知道是哪一隻狗在叫？」

「她知道，賴志勳養的狗叫阿福，她說她偶爾會遇到有個大哥哥牽著阿福出去散步，她還會跟阿福打招呼，她是音樂班的學生，對聲音很敏感，她說附近的人家養的多半是小型犬，只有阿福是大型犬，小型犬叫聲尖銳，大型犬叫聲低沉，很好分辨。」

「很好，這表示我們得到第一項證據了。」

「第二件事也是好消息。」李隆的心情非常愉快，簡直不敢相信有這種好運氣，「在賴志勳的衣服和床單找到貓毛，經過鑑識，確認是橘子的毛。」

夏辰放下咖啡杯，心情非常激動，她深呼吸好幾次。

在法庭上，這不是可以定罪的鐵證，但是以他們的追查而言，這已經是賴志勳涉入分屍案的鐵證。

「我們終於得到證明，莎拉確實去過賴志勳的住處。」

「沒錯。我一開始說要把貓毛送去鑑識的時候，同事還跟我說不可能，哪有辦法確認那是哪一隻貓的毛？我上網查了資料，發現國外也有透過貓毛逮捕殺人兇手的案例，鑑識人員才去找大學的動物系教授幫忙協助鑑識，當然，阿麗很樂意把橘子帶來協助。透過鑑識，終於可以確定莎拉去過賴志勳的住處，他一定就是分屍案的兇手！」李隆咬牙切齒，「我一定要讓他認罪。」

「莎拉是性工作者，光是證明她去過賴志勳的住處不足以讓他認罪，賴志勳大可以推說他只是曾經找莎拉來服務。但是，我們已經找到了一項證據，表示他一定留下了更多證據，只要慢慢抽絲剝繭，一定可以蒐集到足以讓他認罪的鐵證。」夏辰又拿起咖啡杯，卻發現手在微微顫抖，和在太平山時一樣，確認溫文的男人竟然是凶殘的殺人兇手，寒意直透心底。

「既然證明賴志動是兇手，他一定有拍受害者的照片，他到底把照片藏在哪裡？」

「數位照片很好藏，他可以儲存在行動硬碟，或是雲端空間……不，依照他的個性，藏在雲端空間他應該會不放心，藏在行動硬碟的可能性很高，行動硬碟體積小很容易藏，恐怕很難找。」夏辰嘆了一口氣。

「好吧，先把我調查的事講完。」李隆也嘆了一口氣，「第三件事，關於莎拉失蹤前的行蹤，阿麗說前一天晚上，她跟莎拉都很早就接到客人，客人出手闊綽，兩人心情很好，決定提早收工去逛夜市，經過寵物店，莎拉說橘子的沐浴精沒了，她們去逛了寵物店，莎拉買了店員推薦的昂貴貓咪沐浴精，所以，莎拉失蹤的當天下午，她就是忙著幫橘子洗澡吹毛，晚上她們在附近吃了陽春麵。」

「她捨得給貓買昂貴的沐浴精，自己卻吃陽春麵？」夏辰嘆了一口氣。

「阿麗說莎拉平常都很節儉，省下來的錢回彰化時都會拿給阿嬤。」李隆也一臉難過。

夏辰思索了一會兒，「請鑑識人員把那瓶貓咪沐浴精帶回去調查，還有調查在賴志動房子裡找到的貓毛，上面是否殘留跟貓咪沐浴精相同的成分。如果有，就能證實莎拉失蹤之後去過賴志動的住處，這樣意義就大不相同了。兇手用假身分證租車，開車載走莎拉，車子被棄置在大佳河濱公園，之後莎拉卻出現在賴志動的住處，賴志動應該很難有好的解釋。」

「我有個疑問，他為什麼要用假身分證租車又開車去萬華把人載走？而不是傳Line找認識的妓女？」

「也許那天他就是想隨機找陌生的對象，享受挑獵物的快感，才會不惜大費周章。」夏辰非常厭惡自己說出口的話，頓了一下才說，「也因為他想這麼做，更可能露出破綻。」

「如果真的從中找到證據，就是他的一大敗筆了！」李隆又點著平板，「第四件事……我真的很不想講，賴志勳的助理說，他有時會看到賴志勳從冰箱裡拿出肉加熱餵狗，賴志勳說是特地為狗煮的食物，說吃肉比吃飼料好，助理還覺得很感動。」

「助理沒問是什麼肉？」

「沒有，他理所當然覺得是豬肉。」李隆把助理講的話全說了。

「嗯，根據助理的證詞，雖然只是情況證據，也能證明賴志勳殺人分屍後烹煮，把肉丟棄以及拿來餵狗。」

「他把人肉拿來餵狗……」李隆打了個寒顫。

夏辰也有種無法形容的疲憊，她真希望自己沒有接觸這個恐怖血腥的案子，不，她應該為自己能協助將兇殘的兇手逮捕定罪感到開心，否則，一定會有下一個被害者。

「第五件事，我找了他的幾個朋友們來問話，他大學室友說他去年底曾經找過一個傳播妹就叫小宛。」

「真的嗎？」夏辰精神一振，「這是第二個重大證據！」

李隆搖頭，「但是，我去找賴志勳問過，他推得一乾二淨，說只是同名。」

「即使他抵賴，但是再加上莎拉也去過他的住處，這等於就是第二個證據了。」

「沒錯，他室友還說他曾經抱怨過大林他們都買昂貴的鏡頭，另外，賴志勳其他幾個朋友也說了一些跟命案相關的事。」李隆把賴志勳的朋友們說的話全說了。

「嗯……他的朋友敘述的雖然都不是直接證據，卻有助於我們掌握賴志動的犯罪脈絡。」夏辰神情嚴肅，「果然沒有犯罪是完美的，賴志動其實在無意間留下了許多犯罪線索。」

「我也這麼認為，這是賴志動投去攝影獎的照片。」李隆把平板轉向夏辰。

看到血腥的照片，夏辰不自覺屏息，感覺到一股冰寒的顫慄，照片果然會說話，她從照片中感受到醜惡的殺意，極之醜惡的照片。

「他對於自己的犯案非常得意，甚至還把血腥的照片拿去投攝影獎。」夏辰努力平靜心情，「他越得意，越可能犯錯！」

「正是如此！靜美的丈夫有來找我……」李隆把靜美的丈夫找來時說的話敘述了一次說：「靜美他們果然看到了人骨，賴志動是想殺人滅口！說什麼那些老人都太有錢了只是藉口！」

「不盡然。」夏辰還記得那時賴志動扭曲的面孔，「他的確痛恨那些老人，痛恨自己在這個金錢至上的社會掙扎求生，必須殺人滅口只是讓他更有行動力。」

「他自己是個廢物，卻把恨意都發洩在殺人上！還非常狡猾！」李隆憤怒地說了他去找賴志動訊問的過程，「他全都抵賴得一乾二淨！我們只能寄望找到讓他無可抵賴的線索。可惜的是，他的吸塵器非常新，沒找到被害者的毛髮或屍骨碎屑，看來他有想到這一點，舊的吸塵器很可能被銷毀丟棄了。」

「他居然連這一點都想到了。」夏辰深嘆一口氣，「麻煩李組長再花點時間調查我剛剛說的事，也要請員警去寵物店調查貓咪沐浴精的進貨詳情。」

「好，我知道了。」李隆站起身，「還好妳那天也去住宿翠峰山屋，否則賴志動搞不好到現在都還逍遙法外，反而是阿誠會被逮捕。」

腦中浮現翠峰湖美麗的風景，那天和外婆沿著步道欣賞山光水色時，作夢都沒想到自己會捲進兇殘的案件，翠峰山屋的案件開端是因為賴志勳回到太平山秘境步道的棄屍現場，犯人總是會回到現場……一個念頭如閃電般擊中思緒。

「李組長，還有一件事得處理，是你急需知道的答案。」

☆

教師節，夏辰原本應該處理堆積如山的工作，卻拋下工作，又一次開車前往太平山。

在翠峰湖的停車場停好車，她下了車，陽光燦爛空氣清新，滿山綠意，她真希望自己是來郊遊踏青。

「這裡一點都沒變。」千慧也下了車，神情憔悴，心情低落。

「天氣真好。」大林也下了車，伸了個懶腰，表情消沉。

一台警車開過來，李隆也下了車。

「幸好沒下雨。」李隆背著一個大背包，神情凝重。

三台警車開過來，三星分局警備隊的小隊長趙修文下了車，神情非常不悅。

「李組長，依照你的要求調來十二個員警，我在電話裡強調過很多次，今天要是沒找到你要找的東西，你就麻煩大了。」趙修文的態度非常不客氣。

李隆看了夏辰一眼，夏辰心平氣和，「放心，我們一定會找到。」

沿著翠峰湖步道散步，大林看著跟在後面的一堆員警，滿臉疑惑。「妳說我可以幫忙找到你們想找的東西，怎麼找？」

「那天，你看到一隻鳥，跟賴志勳和建昌追著那隻鳥走了一段距離，你還記得嗎？」

「當然記得，我後來查過，那是紅頭山雀。」大林的表情一沉。

「真的是你先看到紅頭山雀的嗎？」

大林想了一會兒，「其實，大概是賴志勳先說那邊好像有一隻鳥，我才注意到的，發現鳥很漂亮，我才帶頭追過去。」

「你應該記得是在哪裡看到紅頭山雀，又追到哪裡吧？」

「當然，就在前面不遠處。」

平常出遊這些細節或許很快就會忘記，發生了可怕的毒殺案件，夏辰認為大林應該會記得所有細節。

又往前走了一小段路，大林走上岔路，「我們就是從這邊追過去。」

穿過林間小路，大林停在一個解說牌前，「我們就是停在這裡，鳥越飛越高，我拍了好幾張照片，賴志勳說鳥搞不好還會飛回來，我們就在附近等了一會兒。」

夏辰看著小路，左邊是一片長滿樹木、雜草和蕨類植物的向下緩坡，右側是長滿蕨類的山壁，她指著緩坡，「就是這裡。」

員警拿著鏟子走過去，依照趙修文的指示散開分頭挖掘，李隆打開背包，也拿出鏟子。

「你要親自找？」夏辰有些吃驚。

「我不想袖手旁觀。」李隆也走下緩坡挖了起來。

「你們在找什麼？」千慧走了過來。

大林心情消沉，走到一旁看著天空，或許在想還會不會看到紅頭山雀。

原本夏辰只想找大林來協助，千慧得知消息，說她也想參與，順便回來翠峰湖悼念靜美。早就猜到千慧一定會問，夏辰已經徵求過李隆的同意，她也想藉助千慧縝密的思考能力，更何況千慧從去年就跟賴志勳學攝影，或許這段日子曾經注意到某些不尋常的事。

她把分屍案全盤托出，千慧果然臉色發青。

「老師……我是說賴志勳很可能也是這個案子的兇手？」千慧不敢置信，「殺人還分屍？不但分屍還烹煮鋸骨頭？」

「我也不願意相信他竟然如此殘忍……偏偏殘酷的證據就在眼前，遺憾的是，目前還沒有足夠的證據證明他就是分屍案的兇手。」

「我們從去年的十二月七號開始上攝影班課程，第一個被害者則是三月二十日失蹤，也就是說在他犯下殘忍分屍案的期間，他同時在幫我們上課，教我們攝影？」

「嗯，所以我希望妳能回想這段日子他是否有不尋常的舉動，尤其是三月到七月底，他犯下分屍案的這些日子。」

千慧認真思索了一段時間，「其實，之前有時候……我也覺得他怪怪的。」

「怎麼說？」

「有一次……那時我們已經跟老師學攝影大約兩個月，大林買了昂貴的長鏡頭，沒幾天，好勝的阿誠也較勁似買了更貴的長鏡頭，那天我有注意到老師的表情曾經在短暫的瞬間變得很難看，彷彿非常憤恨，但是他很快就恢復平常的表情，我還以為我看錯。大約又過了一個月，阿霞其實也很好勝很愛跟她老公較勁，她也買了昂貴的長鏡頭，我特別注意老師的表情，有個短暫的瞬間，他看起來簡直像充滿恨意。」

「他那天也有提到他痛恨你們生活優渥。」夏辰嘆了一口氣。

「這樣就要殺人？」

「主要是想滅口，建昌、阿霞跟靜美在秘境步道時看到他想處理屍骨，他一定是認為他的完美犯罪不能留下破綻，才會起了殺機。」

「如果是這樣，靜美怎麼都沒跟我提起？」

「賴志勳說不吉利，要他們不要跟別人提起。」

「我還是不敢相信只是為了滅口，他就殺了靜美，靜美……靜美一直都對他很好……」千慧的嘴唇又開始顫抖。

夏辰也很難過，為什麼賴志勳能不考慮任何人的感受下手殺人？甚至殘忍分屍？因為被恨意蒙蔽？還是被害者在他眼裡不是人，甚至不是生命？她但願自己永遠無法理解賴志勳的想法。

「找到了！」不遠處傳來大叫。

幾個員警趕過去，千慧也健步如飛跑了過去，意識到自己的體能竟然比不上六十幾歲的老人家，夏辰苦笑著緩步跟上。

緩坡沒有秘境步道的斜坡那麼陡，她小心翼翼走下去，一個員警拿著黑色垃圾袋。

李隆接過垃圾袋，隔著手套摸了摸，沉重地點頭。

「拉起封鎖線！叫鑑識人員過來！」趙修文氣勢十足大叫。

李隆把屍骨交給員警，脫下手套，他走到夏辰身邊，「果然正如妳所料。」

「找到了？」大林也跑下緩坡。

打電話請大林來協助時，夏辰有簡略告訴他分屍案的案情，說他或許可以幫上忙，只是沒說他能怎麼幫忙。

「所以，賴志勳來翠峰湖不只是想殺人，還想來確認屍骨是否埋藏妥當？」千慧的神情陰沉。

「很顯然就是如此。」

「幸好有幫上忙，一定要想辦法加重他的刑期，讓他得到應有的懲戒。」大林狠踢了地上的石頭。

石頭飛出去滾落斜坡，踢石頭的舉動沒人有意見，如果大林踢的是一隻狗，甚至一個人呢？在賴志勳眼裡，人和石頭沒有分別，是嗎？

☆

經過ＤＮＡ鑑定，確認翠峰湖的屍骨屬於莎拉，分屍案的最後一塊拼圖終於拼湊完成，剩下的，就是蒐集足夠的物證讓賴志勳認罪。

貓毛和沐浴精的鑑識完成，李隆拿著鑑識結果迫不及待飆車去大學，衝進夏辰的研究室。

「李組長……」夏辰停下打電腦的手，「看你的表情，顯然是好消息。」

「非常好的消息。」李隆揮舞著平板，差點打到流理台上的茶壺。

「請坐，我來沖咖啡。」

「別管咖啡了！」從得知民眾撿到的屍骨屬於莎拉，李隆幾乎不曾闔眼，睡著醒著都是這個案子，一心只想破案。

拉著夏辰在沙發坐下，李隆迫不及待點開平板。

「在賴志勳的衣服和床單找到的貓毛，上面含有的化學成分和莎拉新買的貓咪沐浴精完全相同！」

「果然正如我的推測。」夏辰的心情一陣激動。

「還有，貓咪沐浴精是進口商剛從歐洲進口，寵物店當天早上才進貨，台灣之前沒有進過這款沐浴精。」

「太好了。」夏辰非常振奮，「這是莎拉那天晚上被帶去賴志勳住處無可辯駁的鐵證！」

「沒錯，多虧莎拉非常疼愛橘子，否則即使我們已經掌握情況證據，也沒有關鍵物證！」

「賴志勳一定以為自己把一切處理得非常完美，他肯定作夢都沒想到，貓毛總是無所不在。」

夏辰的嘴角浮現滿意的微笑。

李隆的背重重靠上沙發，「如果沒有妳的協助，警方不可能破案。」

「我很高興能協助將他定罪，也算是為幾位老人家報仇。」夏辰的腦中浮現靜美、建昌和阿霞的臉，不禁一陣難過。

李隆從沙發跳起來，「我現在就去逼他認罪！罪證確鑿，看他還有什麼話說！」

李隆一陣風似衝出研究室，夏辰起身默默磨著咖啡粉。

多虧有貓毛，那天下午莎拉剛幫橘子洗過澡，幫貓洗完澡一定得吹毛，莎拉的身上和房間裡肯定到處都飄散著貓毛。

被賴志勳帶回住處之後，細小的貓毛可能從莎拉的衣服或包包黏附在賴志勳的衣服、床單或屋子裡的任何地方，即使賴志勳澈底打掃了房子，甚至把那天穿的衣服跟床單都丟掉，還是可能有幾根貓毛掉在屋子裡，不知不覺又黏到賴志勳的身上，黏上衣服或黏到床單。

她很佩服賴志勳沒在房子裡留下任何被害者的毛髮或骨頭碎屑，他處理得很澈底，真的非常非常澈底，近乎完美。

只是，絕對沒有完美的犯罪，兩根貓毛就足以讓他無可抵賴。

沖好咖啡，夏辰舉起咖啡，腦中浮現在兇殘犯罪下失去性命的被害者，她不由得喃喃自語，「願你們安息。」

THE END

【後記】推理夢

小時候，家裡有一本書，忘記確切的書名了，大概是《一百個常見的推理詭計》或《推理詭計大全》之類的，書裡描述各式推理詭計，比如說，如何讓凶器消失？用冰椎殺人，冰椎融化之後，凶器就不見了。或是把屍體放在暖氣旁，或把冷氣開到最強就能改變死亡時間，又或是踩在來時的腳印讓行兇後離開的腳印消失……諸如此類，我看得津津有味，對於推理的詭計深深入迷。

年紀稍長，我喜歡父親買的《日本推理小說傑作精選》，由鼎鼎大名的艾勒里．昆恩主編，書裡收錄日本推理名家的短篇小說，作者包括松本清張、西村京太郎、夏樹靜子、笹澤左保等等，篇篇精彩。

國小五年級時，我閱讀了第一本長篇推理小說，松本清張的《點與線》，正是一本旅情推理小說，被害人在九州的海灘遇害身亡，兇手利用交通工具的盲點製造不在場證明，刑警追查時搭乘了好幾趟火車，也去海灘親自探勘，透過精妙的推理和追查，刑警最終破解了犯人的不在場證明，非常痛快。

從此，我一頭栽進推理的世界，除了熟讀日本推理名家松本清張、西村京太郎、夏樹靜子、島田莊司、宮部美幸和東野圭吾等人的作品，也涉獵歐美推理，阿嘉莎．克莉絲蒂、艾勒里．昆恩和艾德格．愛倫．坡，當然還有老少咸宜的福爾摩斯系列和亞森羅蘋系列，以及漫畫《金田一少年之事件簿》和《名偵探柯南》。

我熱愛旅情推理和本格派的推理小說，尤其喜歡暴風雪山莊的設計，大家被困在某處，人一個個死去，兇手就在我們之中，令人喘不過氣高度張力，偵探如何破解兇手的詭計……或是透過火車時刻設計精妙的不在場證明，旅行至某處，被害人離奇死亡，在風景名勝的漂亮瀑布旁出現屍體，偵探四處追查兇手，不知道兇手是誰絕不罷休，又或是社會派推理小說，沒有精密的詭計，取而代之是深不見底的黑暗人心……玄妙的推理世界，壯闊瑰麗，令人戀戀不捨。

我一直夢想寫推理小說，工作繁忙，在腦中構思多年，遲遲未有足夠動力下筆，直到二〇一五年去東華華文創作研究所進修，受到黃宗潔老師的散文創作課和吳明益老師的小說創作課的啟發，終於知道該怎麼呈現構思許久的故事。

花費心力完成生平第一部推理小說，心中洋溢無法言說的喜悅，那種感覺前所未有，將夢想許久的構想付諸實現，我才明白自己比想像中更熱愛推理小說。

經歷長久籌備，書終於得以出版，首先要感謝秀威資訊的編輯喬齊安先生，很謝謝他花費心力規劃本書的出版和行銷宣傳活動，並欣然接受我對於旅情推理小說系列的構想，我們都對於旅情推理十分著迷，非常希望旅情推理小說能在台灣低迷的出版市場殺出一條生路，甚至有機會影劇化，讓大家一起體驗跟著線索去旅行，旅行不忘推理的樂趣。

謝謝東華華文系副教授黃宗潔老師，即使工作極為忙碌，老師依然一口答應寫序和座談的邀約，並在忙碌中抽出時間詳讀本篇小說做了深入的剖析，很感謝老師的肯定和期許，讓我更堅定地走在創作的路上。

謝謝好友逢時在忙亂中依然抽出時間為文推薦，在台灣，從事創作非常辛苦，我們對創作都有許多想法和堅持，正是這一份堅持，才讓人即使艱難，依然奮力不懈往前行，未來寫作的路上，相信我們會持續互相砥礪，推出更多更好的作品。

也很感謝瑯嬛書屋的店長張之維、知名影視製作公司雷斯利傳媒董事長鄭博元、華文推理小說翻譯家稻村文吾和《沙瑪基的惡靈》推理作家沙棠熱心推薦這本小說，第一本推理小說能受到這麼多人的推薦，真的非常開心。

最後，當然是希望大家都有從閱讀本篇小說中得到樂趣，謝謝大家。

米夏

本著作聲明：本故事純屬虛構，如有雷同實屬巧合。

要推理46　PG1839

要有光
FIAT LUX

黑暗之眼：
夏辰旅情推理系列

作　　者	米　夏
責任編輯	喬齊安
圖文排版	周妤靜
封面設計	葉力安

出版策劃	要有光
發 行 人	宋政坤
法律顧問	毛國樑　律師
印製發行	秀威資訊科技股份有限公司 114台北市內湖區瑞光路76巷65號1樓 電話：+886-2-2796-3638　傳真：+886-2-2796-1377 http://www.showwe.com.tw
劃撥帳號	19563868　戶名：秀威資訊科技股份有限公司 讀者服務信箱：service@showwe.com.tw
展售門市	國家書店（松江門市） 104台北市中山區松江路209號1樓 電話：+886-2-2518-0207　傳真：+886-2-2518-0778
網路訂購	秀威網路書店：http://store.showwe.tw 國家網路書店：http://www.govbooks.com.tw
總 經 銷	聯合發行股份有限公司 231新北市新店區寶橋路235巷6弄6號4F 電話：+886-2-2917-8022　傳真：+886-2-2915-6275

出版日期	2018年1月　BOD一版
定　　價	250元

Printed in Taiwan

國家圖書館出版品預行編目

黑暗之眼：夏辰旅情推理系列 / 米夏著. -- 一版. -- 臺北市：要有光, 2018.01
面； 公分. -- (要推理；46)
BOD版
ISBN 978-986-95365-8-5(平裝)

857.7　　106024120

讀者回函卡

感謝您購買本書，為提升服務品質，請填妥以下資料，將讀者回函卡直接寄回或傳真本公司，收到您的寶貴意見後，我們會收藏記錄及檢討，謝謝！如您需要了解本公司最新出版書目、購書優惠或企劃活動，歡迎您上網查詢或下載相關資料：http:// www.showwe.com.tw

您購買的書名：____________________

出生日期：________年________月________日

學歷：□高中（含）以下　□大專　□研究所（含）以上

職業：□製造業　□金融業　□資訊業　□軍警　□傳播業　□自由業

□服務業　□公務員　□教職　□學生　□家管　□其它____

購書地點：□網路書店　□實體書店　□書展　□郵購　□贈閱　□其他

您從何得知本書的消息？

□網路書店　□實體書店　□網路搜尋　□電子報　□書訊　□雜誌

□傳播媒體　□親友推薦　□網站推薦　□部落格　□其他________

您對本書的評價：（請填代號　1.非常滿意　2.滿意　3.尚可　4.再改進）

封面設計____　版面編排____　內容____　文／譯筆____　價格____

讀完書後您覺得：

□很有收穫　□有收穫　□收穫不多　□沒收穫

對我們的建議：____________________

____

____

____

請貼
郵票

11466
台北市內湖區瑞光路 76 巷 65 號 1 樓
秀威資訊科技股份有限公司 收
BOD 數位出版事業部

（請沿線對折寄回，謝謝！）

姓　　名：＿＿＿＿＿＿＿＿　年齡：＿＿＿＿　性別：□女　□男

郵遞區號：□□□□□

地　　址：＿＿＿＿＿＿＿＿＿＿＿＿＿＿＿＿

聯絡電話：(日)＿＿＿＿＿＿＿＿(夜)＿＿＿＿＿＿＿＿

E-mail：＿＿＿＿＿＿＿＿＿＿＿＿＿＿＿＿